文豪ストレイドッグス BEAST

それから数分、
二人は他愛もない話をした。
同僚の誰に話しても理解されない、
共感など望みようもない、
小さく重い経験の共有をした。

お互い滅多に他人に見せることのない、
少年の表情を見せていた。

目次《モクジ》

文豪ストレイドッグス
BEAST

朝霧カフカ

21543

角川ビーンズ文庫

口絵・本文イラスト／春河35

＃0

少年は夜を駆《か》けていた。

汗《あせ》が頬《ほお》を流れ、喉《のど》から肺腑《はいふ》が今にも飛び出しそうだった。視界は空腹と疲労《ひろう》で眩《くら》み、いつ倒《たお》れてもおかしくない程《ほど》だったが、少年には関係なかった。

ただ脚《あし》を前に、もう一歩前に、可能な限り疾《はや》く、四肢《しし》がちぎれようとも。

〝芥川龍之介《あくたがわりゅうのすけ》〟と呼ばれるその少年には、時間がなかった。

この道を走り終えた時、自分は死ぬのだろうと、芥川は考えた。


芥川は、貧民街の路上をねぐらとする、親を知らぬ子供たちのひとりであった。

八人の境遇《きょうぐう》を同じくする仲間と共に、野で暮らしていた。

芥川を、仲間である同年代の少年少女たちは口を揃《そろ》えてこう評した――曰《いわ》く『感情を持たぬ子』であると。

冷たい路面で寝起《ねお》きする時も、たまの馳走《ちそう》にありついた時も、あるいは大人に殴《なぐ》られ倒れる時も、ほとんど感情を見せなかった。ただ黒々とした底なしの瞳《ひとみ》で、じっと虚空《こくう》を見つめるばかりであった。その姿から、『あの悪童《あくどう》には心がないのだ』などと嘯《うそぶ》く大人も少なくなかった。

心を持たぬ芥川は、その代わりに不思議な力があった。

芥川は、己《おのれ》の衣服を自在に変形させることができた。あるときは縄《なわ》のように、またあるときは刃物《はもの》のように。形状を変え、自在に操《あやつ》ることができた。

『着ている衣服を操る』能力——それは芥川に天賦《てんぷ》された異能の力であった。

とは云え、ここは魔都横浜《まとよこはま》。違法機関銃《いほうきかんじゅう》と手榴弾《しゅりゅうだん》が林檎《りんご》と同じような手軽さで購《か》える街である。服の袖《そで》を小ぶりな刃物に変えて振《ふ》り回したところで、手品以上の驚《おどろ》きはない。芥川の力を知る大人たちは、そう云って彼の異能を蔑《さげす》んだ。

しかし仲間たちは違《ちが》った。ねぐらを同じくする八人の少年少女は、芥川の油断ならなさを知っていた。

襤褸《ぼろ》を纏《まと》った、痩《や》せて汚《よご》れた子供。その子供が近寄ってきて、瞳に何の感情も浮《う》かべぬまま、殺気ひとつなく喉を掻《か》き切る。武器を持って慢心《まんしん》している大人ほど、この手口で簡単に骸《むくろ》になった。盗《ぬす》っ人《と》が少年たちから金子《きんす》を奪《うば》おうとして、芥川の衣刃《ころもば》に手首を切り落とされたことも、一度や二度ではない。

無口で感情を見せず、縄張《なわば》りを侵《おか》すものは容赦《ようしゃ》なく引き裂《さ》く。その性質から芥川につけられた渾名《あだな》は、『吠《ほ》えぬ狂犬《きょうけん》』。威嚇《いかく》の吠え声も警告の唸《うな》り声もなく、気がついた時には喉笛《のどぶえ》に食いつかれている。吠える狂犬と較《くら》べてなお性質《たち》が悪い。そう忌避《きひ》され、あるいは畏怖《いふ》されたが故《ゆえ》の二つ名であった。

さりとて少年は少年。そのうえ満足な食事も取れず、眠《ねむ》れば夜風が骨まで冷やす貧民街での生活だ。生まれつきの体の弱さも相まって、芥川は背が低く、瘦《や》せ肉《じし》の少年として育った。もっとも、寝食《しんしょく》を同じくする他《ほか》の八人の仲間も大差はない。

だからこそ八人の仲間たちは互《たが》いに身を寄せ合い、庇《かば》いあうようにして生きてきた。

だが、それももはや必要なくなった。

仲間たちが皆《みな》、殺されたのだ。

下手人《げしゅにん》は知れていた。西方よりこの貧民街に流れてきた、数人規模の武装組織である。――武装組織と云えば聞こえはいいが、湾港《わんこう》と貧民街を出入りし、護衛を持たずに通る輸送船を襲《おそ》う、謂《い》わば無法者の海賊《かいぞく》だ。この地における新参者とはいえ、彼等は非合法組織ポートマフィアと従属の盟約を結び、下部組織として活動の許可を与《あた》えられていた。

横浜における闇《やみ》の代名詞たるポートマフィアの下部組織に、逆らえる人間があろうはずもない。

芥川の仲間の一人が、その無法者どもが非合法取引を行う日時を、偶然《ぐうぜん》知ってしまった。無法者たちは当局への通報を恐《おそ》れ、芥川たちのねぐらを襲った。そして少年少女を悉《ことごと》く鏖殺《おうさつ》した。

妹の助力でからくも逃《に》げ出した芥川も手傷を負った。本来であれば一月《ひとつき》は安静を要する深手であったが——今、闇夜《やみよ》を駆ける芥川の足取りは軽《かろ》やかだった。

少年たちには掟《おきて》があった。『仲間が傷つけられれば、他の全員で仇《かたき》を討《う》つこと』。虐《しいた》げられ奪われる立場の少年たちが身を守るための、精一杯《せいいっぱい》の自衛の策だ。

しかし芥川の足取りが軽かったのは、そればかりが理由ではない。

ついに得たのだ。

臓腑《ぞうふ》を燃やし髪《かみ》を逆立たせて、なお喉からほとばしり出るほどの強い感情を。

それは憎悪であった。

芥川が生まれてより初めて抱《いだ》いた、明瞭《めいりょう》な感情であった。

己の向かう先が地獄冥府《じごくめいふ》であると判《わか》っていながら、芥川の感情はなお高く燃え上がった。

何も迷うことなく、ただ一本の刃《やいば》として、敵の喉笛を刺《さ》し貫《つらぬ》く。憎悪に動かされるままに。

我、ついに憎悪を得たり。

故に我は犬畜生《いぬちくしょう》にあらず。

感情を持つ人間である。

かくあれば、あとは報復の手段のみ。

敵が現れる場所には心当たりがあった。敵が取引へと向かう道である。

芥川は荒《あ》れた林野を駆け抜《ぬ》けた。銀灰色《ぎんかいしょく》の靄《もや》と、遠く聞こえる汽笛だけが少年の伴走者《ばんそう》であった。


死は怖《こわ》くなかった。

冥府も、ここよりは居心地《いごこち》がよかろうと思えたから。

死の痛みも怖くなかった。

無限に続くこの日常そのものが責め苦であったから。

何日も飯にありつけず、雑草でさえ奪い合って喰《く》らうような日常が。

雪の朝に目覚め、隣《となり》の友人が眠ったまま物言わぬ骸《むくろ》と成り果てているのを見出《みいだ》す日常が。

それが生きることなのだとしたら。己が息をし生存することの、宿命的な代償《だいしょう》なのだとしたら。

ならばこれは復讐《ふくしゅう》だ。
敵を一人でも多く道連れに殺し、地獄《じごく》の閻魔《えんま》の眼前に、幼き屍《しかばね》を叩《たた》きつけること。
芥川にできる、それが精一杯の復讐。
い、い、い、い、
生まれてしまったことへの復讐であった。

そして、少年は追いついた。

靄の向こうに、明滅《めいめつ》する幾《いく》つかの赤い灯《ともしび》。無法者たちがくゆらす、煙草《たばこ》の光だ。

奴等《やつら》がいた。

数は六人。全員が自動小銃《しょうじゅう》で武装している。取引の刻限までには間があるためか、足取りは緩《ゆる》やかだ。

雑木林に隠《かく》れて、無法者たちの顔を窺《うかが》った。いずれも人の命を奪い慣れた、年季の入った犯罪者たち。それが六人。子供ひとりでどうにかなる数ではない。

だが——六人が何だ。芥川はそう思う。

こちらは死んだ八人を背負っている。ならば数で負ける道理はない。

芥川は己の衣《ころも》を開き、脇腹《わきばら》の包帯を見た。先の襲撃《しゅうげき》から逃げる時、銃弾《じゅうだん》がかすめてついた傷だ。包帯をむしり取り、傷口に力まかせに指を押し込んだ。傷が開き、新鮮《しんせん》な血液がこぼれ落ちる。

「く……」

芥川は痛みに顔をしかめながら、流れ出した血液を顔に塗《ぬ》りたくった。実際よりも重傷に見えるように。

そして足を踏《ふ》み出した。

「助け……助けて下さい」林道の間に、震《ふる》える芥川の声が反響《はんきょう》した。「そこで、銃を持った二人に、襲われて……」

六人の無法者が振り向いた。

林道の奥から、胸を押さえ、脚《あし》を引きずりながら少年が歩いてくる。月明かりに照らされた顔は血まみれで、息は荒《あら》い。

「何だ、小僧《こぞう》？」

「こんな刻限に一人で何をしている？」

「向こうの通りで、車が、襲われていました……政府の紙幣《しへい》、輸送車が、覆面《ふくめん》をした男二人に……」芥川は小動物のような弱々しい声で云《い》った。「護衛を殺して金を奪うところを、顔を見て、しまって……それで連中が、口封《くちふう》じに、追って」

「ははあ……つまり何か？　お前は強盗《ごうとう》犯罪の目撃《もくげき》者か。相変わらず物騒《ぶっそう》な土地だぜ」無法者のひとりが軽く銃を掲《かか》げながら云った。「気の毒だったな、坊主《ぼうず》。だがもし俺がその強盗犯なら、お前を殺さないと安心して眠れねえ。人助けだと思って、殺されてやんな」

「いやいや、そいつは早計だぞ」別の無法者が制した。「こいつは好機だ。違うか？」

「何？」

「政府の紙幣輸送車ってのは、国内の紙幣流通量を調整するために、一度に億単位の金を運ぶ。そいつを横取りできれば、相当な儲《もう》けになるぞ」

「何？　じゃお前……この小僧を守ろうってのか？」

「違《ちが》うよ。金のためだ。考えてもみろ、政府の金ってのは、奪《うば》った後が面倒《めんどう》なんだ。軍警、市警、財務省検察局に、政府銀行子飼いの捜査《そうさ》部隊ども……面子《メンツ》を潰《つぶ》された連中が、虫みてえにワラワラと追って来る。だが今回連中に追われるのは、その強盗犯二人組だ。俺たちは捜査線上には絶対浮《う》かばない——無関係だからな。濡《ぬ》れ手で粟《あわ》だ。しかも相手は二人でこっちは六人。楽勝だぜ」

六人の無法者が互いに仲間を見た。

「まあ、そりゃそうだが……」

「約束まではまだ時間があるぜ」

「……やるか？」

「降って湧《わ》いた仕事だぞ。準備がない」

「億だぞ、億。見過ごすにゃ惜《お》しい。それともビビったか？」

「ビビるかよ。それより政府の金を奪って、これから逢《あ》うポートマフィアが何と云うか」

「利益の一割も収めりゃ黙《だま》るだろうさ。何、困ったら口裏を合わせりゃいい。『怪我《けが》した子供が襲《おそ》われるのを助けようとした』とか何とかな。半分は本当だ。たとえ実際には、最後まで守りきれなかったとしても」

無法者はにやりと嗤《わら》って、銃口《じゅうこう》を軽く振《ふ》ってから芥川のほうを示した。

最後には口封じに小僧も殺す——男の目からその意図を汲《く》み取った仲間たちは、得心したようににやにや嗤った。

「小僧、二人組の背格好を教えろ。それと、持ってた武器は判るか？」

芥川は首を振った。「武器には疎《うと》くて——ですが、落ちていた弾丸《だんがん》を一弾《だん》、拾いました」

「そりゃいい。銃種が判るな。見せてみろ」

「これが——」

芥川は無法者のひとりへと近づき、掌《てのひら》を掲げて見せた。

月明かりの中で銃弾をよく見るため、男は腰《こし》を屈《かが》め、芥川の手へと顔を近づけた。

風を切る音。

男の喉《のど》が横に裂《さ》けた。鮮血《せんけつ》がしぶく。

男の顔には疑問符《ぎもんふ》。芥川が袖《そで》を刃物《はもの》に変えて、素早《すばや》く喉笛《のどぶえ》を掻《か》き切ったのだ——その事実に気づく前に、男は絶命した。

「な」

男たちが状況《じょうきょう》を理解するよりも疾《はや》く——芥川は身を翻《ひるがえ》し、手近にいた別の無法者の腹に刃を突《つ》き立てた。防弾上衣《ぼうだんベスト》の隙間《すきま》から刃を差し込む。異能の刃が体内で成長し、内臓を掻き回した。

刃を抜く。傷口から血液と内臓の破片《はへん》を撒《ま》き散らし、男が倒《たお》れる。

「小僧ォッ！」

最初に事態を把握《はあく》した男が自動小銃を向けた。

距離《きょり》にして二歩ほど。芥川の異能が届く範囲《はんい》よりも遠い。

芥川は前のめりに体を投げ出した。地面に倒れ、眼前にある男の足首を、草を刈《か》るように横に薙《な》ぐ。両方の足首を切断された男は絶叫《ぜっきょう》をあげながら倒れた。断面から噴出《ふんしゅつ》した鮮血が、芥川の顔を汚《よご》す。

——あと三人。

「この餓鬼《ガキ》、異能者だ！　撃《う》て、撃ち殺せ！」

三人分の自動小銃がいっせいに火を噴《ふ》く。芥川は地面を転がり、手近に倒れた男の背後に隠れた。男の死体が銃弾を受け止めて跳《は》ねる。

三人斃《たお》した。だが問題はここからだ。もはや奇襲《きしゅう》は通じない。この距離で銃三挺《ちょう》が相手となると、近距離でしか戦えない芥川に勝ち目はない。

だが、芥川の目には恐怖《きょうふ》も迷いもなかった。『心なき狗《いぬ》』の瞳《ひとみ》はどんな時も静かだ。感情があるとすれば——かすかな高揚感《こうようかん》。既《すで》に三人斃《たお》した。地獄の道連れに、悪人の魂《たましい》は何人が相応《ふさわ》しい？　三人？　四人？　——無論、多ければ多いほど善い。

芥川は隠れた死体の衣服を見た。死体の腰の衣嚢《ポケット》に、手榴弾《しゅりゅうだん》がふたつ収まっている。

己《おのれ》の衣服を操《あやつ》って、死体から手榴弾を抜《ぬ》き取った。安全ピンを抜き、一拍《いっぱく》おいてから二個同時に投擲《とうてき》する。

凝縮《ぎょうしゅく》された破壊《はかい》が、男を吹《ふ》き飛ばした。肉片が、木立の頂点のあたりにまで飛び散った。

降り注ぐ肉片に驚《おどろ》いた残り二人が、慌《あわ》てて木の後ろに身を隠す。

「何だ、何なんだこの小僧は！」男が恐慌《きょうこう》じみた叫《さけ》び声をあげた。「狂《くる》ってやがる！　たった一人で……自分の命を何だと思ってやがる！」

「自分の命とは何か――か」芥川は立ち上がった。「丁度今、それを教わっているところだ。お前たちにな」

そして駆《か》け出した。

芥川の疾走《しっそう》は、手負いを全く感じさせない素早さだった。筋がちぎれ、骨が折れようと構わない人間にしか出せない速度だ。

無法者が迎撃《げいげき》の銃弾を放つ。音速の弾丸が芥川の右肩《みぎかた》を貫通《かんつう》する。血が後方に散る。だが芥川は速度を落とさない。

地面を蹴《け》り、空中へと跳《と》んだ。そして体をたわめ、男の首筋へと噛みついた。

衣を操り、自らの体が離《はな》れぬよう、男へと固定する。そして犬歯を首に食い込ませ、全身の力を総動員して、頸動脈《けいどうみゃく》ごと男の首筋を食いちぎった。

「ぎぃあああああっ!?」

首筋から上へと鮮血が噴き上がる。男の胸板《むないた》を蹴って芥川が跳躍《ちょうやく》。唇《くちびる》と歯に血管と肉を引っかけたまま着地。

芥川は立ち上がり、乱暴に口内の血を吹き捨てながら云った。

「新鮮《しんせん》な肉など——幾年《いくとせ》振りか」

赤く染まった口元が、獰悪《どうあく》な笑《え》みを形作った。

吠《ほ》えぬ狂犬《きょうけん》。心なき、獰猛《どうもう》な獣《けもの》。

月光に照らされたその姿こそ、仲間たちが恐《おそ》れ、また頼《たよ》った芥川という一匹《いっぴき》の獣——その極《きょく》致《ち》であった。

そして振り向き、敵を見て云った。「あと一人」

「ひっ……」

最後の無法者が、喉の奥で悲鳴をあげた。震える手で自動小銃《しょうじゅう》を構え、ろくに狙《ねら》いもつけずに弾丸を放つ。

銃弾《じゅうだん》の雨の中を、芥川はただ歩く。死獣《しじゅう》の目で、赤く濡れた牙《きば》で。弾丸が耳元を通りすぎ、衣服を貫通する。それでも表情は動かない。肩を、耳朶《じだ》を、肋骨《ろっこつ》を、弾丸が貫《つらぬ》き砕《くだ》いていく。

それでも歩く足は止まらない。

「来るな、来るな来るな来るな来るなァッ！」

銃弾のひとつが、芥川の太腿《ふともも》を貫いた。踏《ふ》み出した脚《あし》が力を失い、がくんと前のめりにつんのめる。膝《ひざ》をついた芥川に、さらに弾丸が降り注ぐ。

すべてを撃ち尽《つ》くした自動小銃の撃針《げきしん》が、カチカチと空《くう》を叩《たた》く。それでも男は引き金を引くのを止められない。

そんな無法者を、仲間の仇《かたき》を、芥川は眺《なが》め、満足げに微笑《ほほえ》み——そして前のめりに倒れた。

全身の傷から、熱い血液が流れ出していく。

もう動かない。

「し……死ん、だ、のか……?」

無法者が、芥川を信じられないという目で見下ろしていた。

おそるおそる、芥川の死体へと近寄る。肩を蹴った。ぴくりとも動かない。頭を蹴る。何の反応もない。腕《うで》を蹴る。

蹴る足首を、獣の爪《つめ》が摑《つか》んだ。

「十分殺したと思ったが——少し欲《よく》が出た」倒れた芥川が、凄惨《せいさん》な笑みを浮かべて男を見上げた。「矢張《やは》り六人全員の魂を貰《もら》っていこう」

摑んだ足首に、芥川の衣刃がからみついた。

刃が肉を貫通し、足の骨にまで到達《とうたつ》する。脚の内部で衣《ころも》が回転鋸《のこぎり》のように暴れ、血管をちぎり、神経を掻き回した。爪先《つまさき》から挽肉《ひきにく》にされていく激痛に、男が絶叫する。

芥川は男の脚を摑み、肉を裁断する範囲を上へと広げていく。痛みに男が叫び、涎《よだれ》と血を振りまいて暴れるが、芥川は手を離さない。

自分の脚を調理用の細切れ肉《こまぎ》のようにされた無法者は、膝上《ひざうえ》まで破壊されたあたりで大きく痙攣《けいれん》し、笛のような音を立てたあと絶命した。激痛のために三叉・迷走《めいそう》神経反射が発生し、全身の血管が限界まで拡張してショック死したのだ。

最後の男の死を確かめて――芥川は手を離し、仰向《あおむ》けに転がった。

視線の先には、冷たい星空。林間にあるのは、世界の果てのような静寂《せいじゃく》のみ。

「は……は、はは……」

乾《かわ》いた笑いが自動的に口から漏《も》れた。

仲間の仇を討《う》った。たった一人で。これ以上望みようのない、最高の戦果だ。

だがそれでも、芥川の心は渇《かわ》いていた。

己の生命を燃焼《ねんしょう》し、仇を殺す。その望みは叶《かな》えられた。そして、自分は死ぬだろう。もう数十分のうちに。そう思った時――半ば自動的に、ひとつの問いが浮《う》かんだ。

自分は誰《だれ》に殺されたのだろう？

己の命を燃焼すると決めたのは己だ。故《ゆえ》に、自分が自分を殺すのだと云《い》えなくもない。だが生誕の瞬間《しゅんかん》からそれを望んだ訳ではない。己の生命を不要と断じ、己の人生を憎《にく》む――そのような地点に、強制的に追い込まれた。だから今のこの状況《じょうきょう》があるのだ。

何故《なにゆえ》僕《やつがれ》は――死なねばならない？

冷えた星々に向けて、そう声に出して呟《つぶや》いた。

永遠に解けぬ問い——答えが返ることは最初から期待していなかった。だが意外にも、答えはあった。

「それはね。君が己の意志で生きていないからだよ——芥川君」

芥川は驚いて、声のしたほうに顔を向けた。

林道の切株に、人影《ひとかげ》がひとつ、腰掛《こしか》けていた。

細身の体に黒い外衣《コート》。月光を背負っているため、男の顔は影《かげ》に沈《しず》み、よく見えない。黒い蓬《ほう》髪《はつ》に巻かれた白い包帯だけが、ちらりと見えた。

芥川は己の目を疑った。何時《いつ》の間に？　そこには誰も居なかった筈《はず》——。

「貴、様は……一体」芥川は囁《ささや》くような掠《かす》れ声で云った。「連中、の……仲間か」

仲間を襲撃《しゅうげき》し殺した無法者は六人だった。だが、襲撃に現れなかった別の仲間がいたとしても不思議ではない。

「本当はね、君を勧誘《かんゆう》に来たんだ。だが……止《や》めた。己の意志で暴力を振《ふ》るうなら、どんな残《ざん》虐《ぎゃく》も人間らしさの一側面だ。だが環境《かんきょう》の関数として、痙攣的に他者を傷つけるなら……それは単なる、知性なき害獣《がいじゅう》だ」

声は若い。少年と云っても通るような年齢《ねんれい》だろう。

黒衣の男は、切株から立ち上がった。相変わらず顔は見えない。だが冷たい視線だけが、内心まで見透《みす》かすように己を貫いていると、何故かはっきり知覚できた。

「僕《やつがれ》を害獣、だと」芥川の血管を、熱い感情が再び駆け巡《めぐ》った。「ならば貴様、等は、何だ」

芥川は震《ふる》える腕で体を起こした。傷口に激痛が走るが、憎悪《ぞうお》の炎《ほのお》は消えない。

「貴様等のような、屑《くず》が……振るう暴力が、正当とでも、云うのか」

震える膝を押さえて立ち上がった。全身から零《こぼ》れた血液が林道に落ち、すぐに冷えていく。

出血はとうに限界を超《こ》えていた。戦闘《せんとう》はおろか、歩くことさえままならない。今にも気絶しそうだ。

だが——仇がもう一人残っていたのなら、その魂《たましい》だけ見逃《みのが》す訳にはいかない。

芥川の全身から獣の殺気が噴出《ふんしゅつ》する。だが相対する黒衣の男は、あくまで冷たい声色《こわいろ》のまま、芥川へと近づいてくる。

「私を殺す気かい？　だとしたら君は、今日の世界で最も愚《おろ》かな人間だよ、芥川君」

「愚かで構わぬ」芥川は獣じみた声で唸《うな》った。「僕《やつがれ》の望みは、目の前の男を、世界で二番目に愚かな人間にすることのみ」

黒衣の男が近づいてくる。もうあと数歩で、芥川に手が届く。

「本当に、救いようもない程《ほど》に愚かだ」黒衣の男が首を振った。「復讐《ふくしゅう》だって？　そのためなら死んでもいいだって？　君が死んだ後——遺《のこ》された妹さんがこの街でどんな目に遭《あ》うか、想像すらできていないのか？」

芥川の全身が、かつてない炎熱《えんねつ》に燃え上がった。

この男、何故妹のことを知っている。襲撃の時も、妹は目撃《もくげき》されていない筈だ。――否《いな》。理由など今は如何《どう》でもいいいい。

「貴様ァ……！」全身の筋肉が、怒《いか》りのためにめりめりと軋《きし》んだ。「貴様、貴様、貴様！　妹に手を出す気か！　許さぬ――許さぬ！『羅生門《らしょうもん》』！」

芥川の怒気《どき》に呼応するように、衣服が爆発《ばくはつ》的に成長した。

芥川の衣服、その肩から先が膨《ふく》らんでねじれ、巨大《きょだい》な獣《けもの》の頭部となった。芥川の異能が進化し、新たな形状を得たのだ。芥川が腕を掲《かか》げると、獣はそれに追随《ついずい》して首をもたげ、敵を捕食《ほしょく》者の目で睨《ね》めつけた。

「死ね！」

芥川が前のめりに獣を突《つ》き出した。

獣はその牙で地面を削《けず》り取りながら、一直線に黒衣の男に襲《おそ》いかかる。その速度は弾丸《だんがん》に等しく、その牙の重さは断頭台に等しかった。――芥川が過去に放った攻撃《こうげき》の中でも、最大最強の一撃《いちげき》だった。

だが。

「詰《つ》まらないね」

黒衣の男が軽く手を払《はら》うと、獣は枯《か》れ葉のように砕《くだ》け散った。

「何っ――」

驚《おどろ》いた芥川に、黒衣の男が放った前蹴《まえげ》りがめり込んだ。体をくの字に折り曲げ、血と吐瀉物《としゃぶつ》を撒《ま》き散らしながら芥川は吹《ふ》き飛ぶ。

「君では私を殺せない」黒衣の男は静かに歩いた。「その程度の強さではね。矢張《やは》り部下にはもうひとりの彼を選ぼう」

限界を超えた芥川の視界は今やほとんど暗闇《くらやみ》に包まれていた。闇の向こうから、黒衣の男の跫音《あしおと》だけが近づいてくる。

殺される――。

だが男の跫音は、興味を失ったかのように芥川の横を通り抜《ぬ》け、遠ざかっていった。

「自分の弱さの本質が何なのか判《わか》ったら、また私に挑《いど》みに来るといい。それまで君の妹は預かっておこう」

「な……！　待、っ……！」

芥川が呻《うめ》く。だが体は急激に温度を失いつつあり、もはや指先ひとつ動かせない。

待て。妹を奪《うば》うな。止めろ。自分は愚かだ、自分は死ぬ、それはいい、だが妹は、妹を傷つけることだけは――。

叫《さけ》びは声にならず、願いは形にならず、涙《なみだ》は冷え、夜風だけが無音で通りすぎていった。

芥川の激しい感情は、外界に何ひとつ影響《えいきょう》を及《およ》ぼすことはできず、寂《さび》しい闇の中で無意味に

谺《こだま》するだけだった。

願いは誰《だれ》にも届かなかった。

それが世界だった。

それから——四年半の歳月が流れた。

#1

探偵社員《たんていしゃいん》・谷崎潤一郎《たにざきじゅんいちろう》は困っていた。

どうして善《い》いか判らなかった。

新人が——睨《にら》んでいるからである。自分の向かいの席に座った時から、一言も発さず。ただ鋭《するど》い目つきで、凝然《ぎょうぜん》と自分を睨んでいるからである。

「すンませんでしたッ！」

谷崎は先程、そう云《い》って頭を下げたのだが、何の反応もなかった。今も無言である。

そこは明るい照明の喫茶店《きっさてん》だ。聞こえるか聞こえないかほどの音量で、悲しげな旋律《せんりつ》の古いピアノ曲が流れている。

客卓《たく》に座るのは四名。いずれも探偵社員だ。彼等は新人の家具調達のため、購《か》い出しに街へ出た帰途《きと》であった。そこで休憩《きゅうけい》がてら喫茶店に立ち寄った。

頭を下げた状態から、視線だけを前に向け、正面の新人を覗《のぞ》き見た。おそろしく鋭い視線だ。兇悪《きょうあく》と云っても差し支《つか》えない。地獄《じごく》の門を守る巨大な三つ首狗という感じの目が、谷崎をまっすぐ貫《つらぬ》いている。その目は、貴様を決して許さぬと宣告している——ような気がする。

武装探偵社《ぶそうたんていしゃ》の仕事柄《しごとがら》、さまざまな悪人、犯罪者と関《かか》わってきた。だがこれ程《ほど》兇悪な目には、まずお目に掛《か》かったことがない。

新人の名は芥川。

武装探偵社の入社試験を、昨日通過した青年である。

「そのぅ」谷崎は細い声で、おそるおそる台詞《せりふ》を続けた。「昨日は本当にすみません。試験とは云《い》え、爆弾魔《ばくだんま》の演技で命を脅《おど》すような真似《まね》をして……、ええと、矢ッ張り……怒《おこ》ってますよね？」

芥川はやはり返答をしない。

つい先日、芥川は武装探偵社への入社試験を受けた。試験内容は、谷崎が扮《ふん》する爆弾魔の脅迫《きょうはく》から、探偵社員を護《まも》ること。少女を人質《ひとじち》に取って社屋に立て籠《こ》もり、社長を出せと脅す谷崎を、芥川はものの数秒で制圧してみせた。

「に……兄様、気をしっかり。ナオミがついていますわ」隣《となり》に座る妹のナオミ——昨日の入社試験で、人質役を演じた少女——が、励《はげ》ますように声をかけた。

「おい、何とか云ったら如何《どう》だ、新人？」中間に座る国木田《くにきだ》が声をかけた。二人の先輩《せんぱい》にあたる、背の高い眼鏡の探偵社員だ。「お前は試験を通過した。即《すなわ》ち、目の前にいる谷崎は今日から先輩だ。これから一生、無言で睨んで過ごす訳にもいかんだろうが」

ぎょろり、と音がしそうなほどの迫力《はくりょく》を伴《ともな》って、芥川が横の国木田を見た。

「うっ」

歴戦の国木田をして、思わず声が漏《も》れる程——兇悪な目。

普通《ふつう》の子供だったら、絶対に泣くだろう。

谷崎は、視線だけで国木田に問いかけた。

——如何《どう》しましょう国木田さん、この新人、絶対怒ってますよ。何しろ昨日、爆弾と人質でしこたま脅しましたから……。ボクたち今から、殺されるンじゃないでしょうね？

国木田は石のように硬《かた》い表情のまま、視線だけで谷崎に答えた。

——莫迦《ばか》を云うな。人質も爆弾も、すべては演技だ。入社のために必要な試験だ。しかも試験は無事合格。第一だな、若《も》しここで新人が敵対しようとも、こちらは歴戦の探偵社員が二人。後《おく》れを取るなど有り得ん話だ。まあそれに、怒《いか》りを向けられているのは谷崎、お前であって俺ではないし。

——あっ、国木田さん今、他人事《ひとごと》みたいな顔しましたね？

「許せぬ」

いきなり新人が声を発したので、二人は驚《おどろ》いて椅子《いす》から少し浮《う》いた。

谷崎の頭が冷たく痺《しび》れた。矢ッ張り……殺される？

「そこなる人質役の少女は、貴君の実妹《じつまい》とか」

「え？　ああ、うん……妹のナオミです」

芥川は無表情のまま、手元の水杯《コップ》を一口飲み、それから云った。

「妹は大事にすべきだ」

谷崎はその台詞を、三回頭の中で反芻《はんすう》した。

それからふと思いついて云った。

「……え？　あ、ひょっとして……ボクが人質役のナオミを粗雑《そざつ》に扱《あつか》ってたから、機嫌《きげん》が悪かったの？　それだけ？」

芥川は鋭い目をしたまま、見えるか見えないかの角度で顎《あご》を引いて頷《うなず》いた。

「そうなんですの？　あらあら……でしたら心配には及びませんわ、新人さん。私《わたくし》と兄様は、ほら、こんなに仲良しですもの」ナオミが兄にしなだれかかり、兄の鎖骨《さこつ》に頬《ほお》をすりつける。

「人質役も、兄様に脅されたい私《わたくし》が自分から志願した程で」

仲むつまじい様子の二人を順繰《じゅんぐ》りに見て、芥川は無表情で口を開いた。

「そうか。ならば重畳《ちょうじょう》。僕《やつがれ》の早合点《はやがてん》だ」

そう云って、偶々《たまたま》そこを通りかかった女給に向かって声をかけた。「僕《やつがれ》には汁粉《しるこ》と焙《ほう》じ茶を頂けるか」

「はぁい、承《うけたまわ》りました！」女給は笑顔《えがお》で頷き去っていく。

そして正面を向き直り、水杯を軽く飲んだ。先程と同じ、地獄の番犬のような鋭い目のままで。

——ひょっとして、この新人。

谷崎はちらりと国木田を見た。国木田もちらりと谷崎を見た。そして視線で、同じ意見を交《か》わした。

この新人、睨んでたんじゃなくて……元々の目つきが凄《すご》く悪いだけ……？

——芥川龍之介。

川べりで餓死《がし》しかけていたところを拾われた孤児《こじ》。

探偵社員たちは、芥川の素性《すじょう》をほとんど知らない。何故《なぜ》餓死しかけていたのか、どのような経緯《けいい》で拾われたのか、全く知らされていない。判《わか》っているのは、彼が衣服を変形させ操《あやつ》る凄腕《すごうで》の異能者であること。そして何かの人捜しのために探偵社入社の誘《さそ》いを受けたと云う話だけだ。

「それにしても、あの男は未《ま》だ来んのか」国木田が懐中時計《かいちゅう》を取り出し、神経質そうに指先で叩《たた》いた。「集合時間は疾《と》っくに過ぎているぞ。全く……川べりで餓死寸前だった孤児を突然《とつぜん》拾い、探偵社に入れるなどと云いだした奴《やつ》が、当の新人を放置とは」

「慥《たし》かにあの人の言動は予測がつかないところがありますが」谷崎が取りなすように云った。「でも先程連絡《れんらく》したところ、後五分で来るという返事がありましたよ。もう少し待ちましょう」

「待つ、とは云うが……」国木田は芥川のほうをちらりと見た。

芥川は無表情で空中を睨んでいる。その目つきは、やはり地獄の拷問《ごうもん》吏のように兇悪だ。

探偵社員のいる客卓は、今や店内でもっとも冷たい沈黙《ちんもく》が落ちる場所となっていた。新人の硬質《こうしつ》な雰囲気《ふんいき》が為《な》せる業《わざ》だった。

「ええと、新人の……芥川さん？」谷崎はおそるおそる声をかけた。「その、ええと……そうだ。他《ほか》に何か、注文したいモノとか、ある？」

「特に無い」

芥川は鋭い目で答えた。

そして沈黙。

谷崎は、体内の栄養分がみるみる枯渇《こかつ》していく気分がした。

会話が、保《も》たない……！

果たしてこの同僚《どうりょう》と今後、うまくやっていけるのだろうか……？

そのような状況《じょうきょう》だったので、妹のナオミが「ところで芥川さん、探偵社《たんてい》に入る前は、何かされていらしたんですの？」とにこやかに、かつ無遠慮《ぶえんりょ》に訊《たず》ねた時、谷崎は心の中で快哉《かいさい》を叫《さけ》んだ。よくやったナオミ、ボクの妹、流石《さすが》はナオミ、いつもお世話になっております。

芥川は少し考えてから答えた。「我が身の来《こ》し方《かた》など、枯《か》れ風、砂利《じゃり》石の類《たぐい》に同じ。留《とど》まる居所もなく、語る程の職もなく、貧民街を彷徨《さまよ》い、その日暮らしに生きていた」

つまり、特に何もしてなかったってことか。ふうん、と谷崎は思った。意外だ。

「でも、あれだけ凄い異能を持ってるンだから、仕事なんて簡単に見つかったンじゃない？

用心棒とか、警備とか……雇《やと》ってくれる先なんて、沢山《たくさん》ありそうだけど」

その問いには芥川は答えず、ただ目を伏《ふ》せた。答えたくないということなのだろう。

谷崎は少し考えてから訊ねた。「それじゃあ……好きなモノや、嫌《きら》いなモノは？」

「特に無い」

簡潔な声に、一瞬《いっしゅん》心が折れそうになった谷崎だが——気力を奮い立たせて再び訊ねた。「それでもまあ……敢《あ》えて挙げるとすれば？」

「敢えて、か」芥川が考えるように視線を動かした。「好きなモノならば……茶、無花果《いちじく》、汁粉。……嫌いなモノは、敢えて云《い》うならば蚕豆《そらまめ》、蜜柑《みかん》、それに……野犬か」

「へえ、野犬かあ」谷崎が笑顔になった。犬が嫌いなんて、普通なところもあるじゃあないか。「判る、判るよ。この辺、場所によっては凄く大きい野犬が出たりするからね。突然吠《ほ》えられたりすると、大人でも驚くよね」

「然《しか》り」芥川が水杯を啜《すす》りながら云った。「貧民街のねぐらで寝《ね》ていた時、野犬に腕《うで》を喰《く》われかけた。一瞬早く目醒《めざ》め逃《のが》れたが……爾来《じらい》、犬の類はどうにも好かぬ」

予想の十倍ほど凄惨《せいさん》な理由だった。

谷崎は目を白黒させながら「そ、そうなンだ……」と云った。他に何と云っていいか判らなかったからだ。それから、付け足すように「大変だね」と云った。

「否《いな》。僕《やつがれ》が棲息《せいそく》していた貧民街では珍《めずら》しい話ではない。共に暮らした仲間も一人、野犬に喰い殺された者がいる。……無論、その時は報復に、界隈《かいわい》一帯にいるすべての野犬を鏖殺《おうさつ》して回ったが」

「そ……そうなンだ」

どうやら新人は、かなり重量感のある生《お》い立ちを背負っているらしい。

対話のきっかけを探《さぐ》っていたら、地雷原《じらいげん》に踏《ふ》み込んでしまった。谷崎はもはや「そうなンだ」と返答する自動機械になるしかなかった。

「僕《やつがれ》からも問うが」芥川が不意に云った。「貴兄《きけい》らの過去は如何《いか》なるモノか。探偵社の前には何処《いずこ》に属していた？」

「あら、凄くいい質問ですわ」ナオミが笑顔で両手を合わせた。「実はそれ、定番の質問ですのよ。探偵社員の過去当て問答《クイズ》。ねえ兄様？」

「あ……ああ、そうだね。新人は皆《みな》やらされるンだよ。中でも……君を拾ったあ、あの人の過去なンて難問でね。誰《だれ》も当てられなくて、賭《か》けの懸賞《けんしょう》金が七十万にまで膨《ふく》れあがってるンだ。君も一度」

ちょうどその時、女給が配膳《はいぜん》盆《ぼん》を持って現れた。「はいお待ちどお様です。熱い焙じ茶と汁粉のお客さ」

台詞《せりふ》を最後まで続けられなかった。

芥川の長外套《コート》の裾《すそ》を、女給が軽く踏んでしまったからだ。

体重をかける前に、女給は反射的に足を退《ど》けようとした。だがその選択《せんたく》は誤りだった。引いた踵《かかと》が外套の布地に引っかかった。「きゃあ」と短く叫んで女給は体勢を立て直そうとしたが、和装の給仕《きゅうじ》服が足運びの邪魔《じゃま》をした。結果——彼女は大きくのけぞって、隣《となり》の客卓《たく》に両手をつくことになった。

茶の載《の》った盆《ぼん》が空中を舞《ま》った。

芥川の頭上を。

「！」

探偵社員が反射的に飛び出したが、間に合わなかった——高熱の液体が、芥川の頭部にまともにぶちまけられた。

ナオミが短い悲鳴をあげた。谷崎と国木田は、席から立ち上がって身を硬《かた》くした。

国木田の手は——腰《こし》の拳銃《けんじゅう》にかけられていた。

もう一瞬判断が遅《おそ》ければ、拳銃を芥川へ向けていただろう。

「足下《あしもと》を疎《おろそ》かにするな」芥川は何の感情も込めずに云った。「誰《たれ》ぞ火傷《やけど》はないか」

高熱の液体は、芥川の頭部にぶちまけられる寸前で、すべて受け止められていた。音もなく伸張《しんちょう》した、芥川の外套によって。神速と云える反応速度だ。

谷崎は国木田を見た。それから国木田が、ほぼ無意識に手をかけていた拳銃を見た。

二人がとっさに動いたのは、女給を助けるためではなかった。芥川の火傷を診《み》るためでもなかった。二人が動いたのは——芥川を殺すためだった。

何故なら一瞬、芥川から、閃光《せんこう》のような殺気が噴出《ふんしゅつ》したからだ。

己《おのれ》を害するモノに対する、本能的な反応。二人は反射的に予測したのだ——芥川が、女給の首を刎《は》ねる、と。

芥川は入社試験を通過したが、合格してはいなかった。

芥川の入社には留保事項《じこう》がついていた。慥《たし》かに芥川は、爆弾魔《ばくだんま》の事件を迅速《じんそく》に解決した。だが解決の迅速さは、入社試験合格に必要な条件ではない。探偵社員となるには、己を律し義を貫《つらぬ》く民護の精神——それも極限状態でも揺《ゆ》るがない、高潔な精神が要《い》る。それが探偵社社長・福沢《ふくざわ》の方針だった。

そして入社試験にはもうひとつ規則がある。それは、今が試験中であると、本人に決して知らせてはならないという規則だ。

あまりにも圧倒《あっとう》的な速度で爆弾魔事件を解決したため、芥川は未《いま》だ探偵社に必要な精神性を証明していない。そのため今は一時的な仮入社であり、真の入社資格は今後の仕事で判断されることとなった。

即《すなわ》ち、谷崎と国木田は、今も任務の最中なのだ。

任務とは、芥川の入社是非《ぜひ》を見極《みきわ》めること。そしてもし芥川が邪智《じゃち》奸賊《かんぞく》の類であれば——被《ひ》害《がい》を生む前に、直ちに討《う》つこと。

国木田が緊張《きんちょう》とともに息を吐《つ》き、拳銃から指を引きはがした。

新人は底が見えない。感情も読めない。鋭《するど》い視線と強力な異能——だが、その魂《たましい》の真贋《しんがん》は、果たして善か邪《じゃ》か。

一体何故《なぜ》、こんな男が探偵社に入社することになったのか。それが谷崎と国木田の共通の疑問であった。社に推薦《すいせん》したあの男は、一体何を考えているのか——。

ちょうどその時、喫茶店《きっさてん》の入口が開き、男が入って来た。

背の高い男だ。逆光で顔に影《かげ》が差しており、表情はよく見えない。

「あ」谷崎が振《ふ》り向いてその姿を認め、声を上げた。「お疲《つか》れさまです。遅かったですね」

「遅いぞ」国木田も振り返って云った。「お前が勧誘《かんゆう》した新人の所為《せい》で、ちょっとした騒動《そうどう》が起こっている。何とかしろ」

背の高い男は、ぽりぽりと頭を掻《か》いた。そして口を開いた。

「ああ——遅くなった」

背の高い男が店内に入ってきた。店の照明で、男の表情が照らし出される。

その男は——。

夜が来ると、海沿いの倉庫街は現世《うつしよ》で最も暗い場所になる。

街灯《まちあか》りも月光も届かない、黒よりも暗い闇《やみ》の世界。自分の鼻先すら見えないほどの真の闇。

その闇の中に、悲鳴が反響《はんきょう》していた。

「助けて呉《く》れ！」

「うわあああっ！　来るなッ！」

「助けて、助けて呉れェッ！」

絶叫《ぜっきょう》する声が重なりあって、戦場音楽となる。何かが折れる音、砕《くだ》かれる音、粘《ねば》つく何かの液体が床《ゆか》に散る音が伴奏《ばんそう》音楽だ。

だがどんな悲鳴も破砕《はさい》音も、倉庫街の外の静寂《せいじゃく》を破ることはできない。あらゆる音は重く密度のある闇にすっぽりと包み込まれ、スポンジのように吸い取られてしまっていた。

そこは広い輸入品保管倉庫の中だった。

幾《いく》つもの木箱が、棚《たな》に積まれて天井《てんじょう》にまで並んでいる。遥《はる》か高い天井にある天窓には、新月の闇空がただ無慈悲《むじひ》に広がっている。

「止《や》めろ、来るな！　来るな！　厭《いや》だ、厭だ厭だ厭だ死にたくない！　助けッ……」

何も見えない闇の中、悲鳴がひとつずつ減っていく。

時折、自動小銃《しょうじゅう》の銃火《じゅうか》が断続的にきらめき、闇を白く切り取った。明滅《めいめつ》する閃光が、一瞬《いっしゅん》だけ倉庫内の人間たちの姿を鋭く照らし出した。

そこにいたのは傭兵《ようへい》だった。完全武装の傭兵、一個小隊。二十名以上いる歴戦の兵士たちが、闇の中を逃《に》げまどっていた。

「撃《う》つな！　味方に中《あた》る！」兵士の誰かが叫《さけ》んだ。「奴《やっ》には銃弾《じゅうだん》が通らない、対物徹甲弾《てっこうだん》に切り替《か》えろ！　それから銃用灯火《タクティカルライト》で敵を捕捉《ほそく》するんだ！」

「駄目《だめ》です、照明をつければ敵に狙《ねら》われます！」

「敵からはこちらが見えている！　早く姿を捉《とら》えねばこちらが全滅《ぜんめつ》しッ」

それが最後の言葉になった。声が途切《とぎ》れ、喉《のど》が砕かれる音が続く。そして気道を空気が抜《ぬ》ける笛のような音。悲鳴にならない悲鳴。

誰かがどこかで新鮮《しんせん》な悲鳴をあげた。全員が振り向く。

白い獣《けもの》がいた。

兵士の上に獣が乗っている。小型の自動車ほどもある白い獣だ。獣の巨大《きょだい》な顎《あご》が、兵士の喉を噛《か》み砕いている。

「奴だ！　撃てェ、撃てェッ！」

全員が獣に向けて銃を斉射《せいしゃ》する。だが獣は首を振って犠牲者《ぎせいしゃ》の喉を砕きつつ、軽《かろ》やかに跳躍《ちょうやく》して闇へと消えた。残された兵士が、無数の弾丸《だんがん》を受けて跳《は》ね踊《おど》る。

銃火が止まり、闇が戻《もど》った。獣の気配も消える。

「噂《うわさ》じゃ、噂じゃなかった」兵士のひとりが泣きそうな声で叫んだ。「実在したんだ、これがあの、厄災《やくさい》の獣、『ポートマフィアの白い死神』――」

悲鳴が、破砕音が、あらゆる方向から次々に聞こえてくる。敵がどこにいるか判《わか》らないため、防衛陣形《じんけい》すら組めず、退する方向さえ決められない。部隊の通信音声から流れてくる情報はふたつ。悲鳴と絶叫だ。それは既《すで》に戦闘《せんとう》の体《てい》を為《な》していなかった。

それはただの虐殺《ぎゃくさつ》。

人間ごときが〝闇そのもの〟に逆らった結果の、当然の帰結だった。

「後退せよ！　陣形を立て直せ！」部隊を率いる小隊長が、通信機に向けて必死に叫ぶ。「ここで我々が敗れれば、ポートマフィアの大侵攻《だいしんこう》を阻《はば》む者は誰《だれ》もいなくなる！　お前たちの上司も友人も皆《みな》、首だけ箱詰《はこづ》めにされて本国に郵送されるぞ！」

小隊長が、閃光手榴弾《せんこうしゅりゅうだん》のピンを抜きながら叫んだ。「合図と同時に奇数《きすう》分隊は倉庫入口まで後退、偶数《ぐうすう》分隊は掩護射撃《えんごしゃげき》せよ！」

小隊長が閃光手榴弾を投擲《とうてき》。空中でマグネシウム酸化反応を主とする強烈《きょうれつ》な閃光が発生し、室内を真昼の光度で照らし出す。

「今だ！　射撃開始！」

小隊長の必死の叫び声は、倉庫内を反響してから、どこでもない闇の中へと吸い込まれた。

銃声《じゅうせい》の一発も聞こえなかった。

「何をしている？　偶数分隊は一斉射を……」

怒鳴《どな》りかけた小隊長の声は、自分の中の理解に吸い取られて消えた。

「真逆《まさか》……」

小隊長の前方の闇の中から、それが静やかに現れた。

跫音《あしおと》ひとつ立てない白い前肢《ぜんし》。黄金色に燃える瞳《ひとみ》。赤く染まった顎には、兵士の肘《ひじ》から先が引っかかって揺れている。

白い毛並みを持つ、巨大な肉食獣《にくしょくじゅう》だった。

小隊長は気づいた。室内には銃声はおろか、生きている兵士の気配ひとつ存在しないことを。

「全員……死んだ、のか……？」

「ええ。その通りです」

白い獣が返事をした。

ぎょっとした小隊長が銃口《じゅうこう》を向ける。銃口についた銃用灯火《タクティカルライト》が照らし出した先にいたのは、既に獣ではなかった。

ひとりの少年だった。

前髪《まえがみ》が斜《なな》めに切り揃《そろ》えられた、白い頭髪《とうはつ》。あどけなさの残る顔。喉元《のどもと》まですっぽり覆《おお》い隠《かく》す黒い外套《がいとう》が、あるかなきかの風にはためいている。

「では……本当、だったのか」小隊長が愕然《がくぜん》とした声で云《い》った。「白虎《びゃっこ》の異能者……『ポートマフィアの白い死神』が、年端《としは》もいかぬ少年という噂は」

少年は小さく顎を引いて頷《うなず》いた。

「これで終わりです」少年は静かに云った。「貴方《あなた》たちはポートマフィア首領《ボス》の暗殺を計画した。実行日までその秘密作戦に全く気づかせない手腕《しゅわん》は、流石《さすが》はプロの傭兵です」

その目に怒《いか》りはなかった。虐殺の暗い歓喜《かんき》もなかった。ただ圧倒的な静寂と闇だけが、少年を祝福しつつ同時に呪《のろ》いながら、少年の周囲にまとわりついていた。

「ですが貴方たちが暗殺のプロなら、我々の首領《ボス》は——謂《い》わば暗殺されるプロ、、、。凄腕《すごうで》の暗殺者がその首を狙って、毎日のようにマフィア本部ビルに侵入《しんにゅう》してきます。毎日です。けれど彼等が暗殺に成功したことは一度もない。一階のロビーを抜けることすらできない。——貴方たちがその身で体感したように」

「……小僧《こぞう》め……」

小隊長は、自分の指先が震《ふる》えているのに気がついた。どれ程《ほど》の戦闘にも、どれ程の大軍との戦闘にも、冷や汗《あせ》ひとつかいたことのない歴戦の兵士の指が——ひとりの少年に震えていた。

目の前にいる少年は、まるで人間に見えなかった。

それは己《おのれ》に贈《おく》られるべく優《やさ》しく来た、死そのものだった。

だとしたら——。

「だとしたら、待っていたよ、死神」小隊長は懐《ふところ》から、拳《こぶし》大の無線装置を取り出した。「慥かに我々はもはや勝利を得られぬ。だが、敗北を拒否《きょひ》することは可能だ」

少年の目が細められる。

「見えるか。起爆装置《きばく》だ」小隊長は無線装置の釦《ボタン》を親指で押した。「何も考えず我々がこの倉庫を戦場に選んだと思うか？　この建物は我々の爆発物保管庫《ばくはつ》だ。この起爆装置で、すべての爆弾《ばくだん》がいっせいに誘爆《ゆうばく》する」

少年の眼球が暗い金色に輝《かがや》いた。瞳孔《どうこう》が猫《ねこ》眼のように、縦に細められる。

「何を――」

「おっと、近づくな」小隊長が自分の押した釦《ボタン》を掲《かか》げて見せた。「見えるか？　死人装置《デッドマン・スイッチ》だ……釦《ボタン》を押した瞬間《しゅんかん》ではなく、離《はな》した瞬間に起爆する。つまり今俺を殺せば、指が離れてお前もろとも粉微塵《こなみじん》だ」

小隊長を殺せば、爆発と崩落《ほうらく》で全員死ぬ。建物から脱出《だっしゅつ》しようとすれば、小隊長が指を離し起爆、全員死ぬ。起爆装置を奪《うば》っても、釦《ボタン》を押しなおす前に一瞬指が離れるため、やはり全員死ぬ。

「兵士には兵士の死に方がある」小隊長が釦《ボタン》を押したまま、もう一方の手で銃を構えた。「戦って死ぬことだ。戦場で、仲間と共に。お前という敵を滅《ほろ》ぼして死ねるなら、悪い死に方ではない」

「死ぬのが怖《こわ》くないんですね。羨《うらや》ましい」少年は悲しみを――あるいは悲しみに似た何かの、感情を声に薄《うす》く滲《にじ》ませながら云った。「でも僕は死ぬのが怖い。痛いのが怖い。撃たれるのが、血を流すのが怖い。だから死神になった。死神となって死そのものと一体化すれば——死は僕のことを見つけることができないから」

「死ぬのが怖い、だと？　だから部下を殺したというのか」小隊長の目が細められた。「ならば、この釦《ボタン》を押せば、お前に恐怖《きょうふ》を与《あた》えられる訳か。それは——何よりの報酬《ほうしゅう》だ」

小隊長は、短くひきつけのように嗤《わら》ってから——指を離した。

「…………」

何も起きなかった。

小隊長は自分の指を見た。確かに指を離した——だが親指はまだ、釦《ボタン》を押している。

小隊長は手を振《ふ》って釦《ボタン》を離そうとしたが、起爆装置と親指だけが、空中に残っていた。

「これ、は……」

白い刃《やいば》が、親指の根元にそっとすべり込み、親指を切り取っていた。

反射的にもう一方の手の銃を撃《う》とうとしたが——そちらの指もない。引き金にかけた指だけが、床《ゆか》に落ちている。

「殺していい？」

幼い声がした。

闇《やみ》に溶《と》けた人影《ひとかげ》——先程の虎《とら》よりも、さらに滑《なめ》らかに闇と一体化している——が、起爆装置と親指をそっと握《にぎ》っていた。

「殺す必要はないよ、鏡花《きょうか》ちゃん」少年が優しく答えた。

小隊長の背後の闇から——白い手と、白い短刀がすっと突《つ》き出された。鋭《するど》い切っ先が、小隊長の喉を正確に狙《ねら》っている。

短刀を携《たずさ》えて闇に沈《しず》んでいたのは、和装の少女だった。

闇色の長い髪《かみ》。奥の骨が見えそうなほど白く透《す》き通った肌《はだ》。

「でも、この人は貴方を殺そうとした」鏡花と呼ばれた少女は、降り積もる雪のように静かな声で云った。

「判ってる」少年は答えた。「でも一人は生かして帰せって首領《ボス》の命令だ。暗殺部隊があっけなく惨殺《ざんさつ》されたことを、彼等の上層部に伝える役が要《い》るからね」

「でも」

少女があどけない声で云い、短刀を少し動かした。切っ先が小隊長の首に少し潜《もぐ》り込み、血が流れる。

「善いんだ。指をそれだけ切り落とされたら、二度と銃は握れない。帰しても、後で報復される心配はないよ」

少女は首を小さく傾《かし》げた。闇色の髪が、軽く頬《ほお》にかかる。

その表情は、空中に溶けて消えてしまいそうなほどに淡《あわ》い。

「貴方に危険がないなら」

少女はほとんど唇《くちびる》を動かさずにそう云って、短刀を懐《ふところ》に戻《もど》した。深海の浮遊《ふゆう》生物を思わせる流麗《りゅうれい》な動作で、静かに遠ざかる。

「ありがとう」

少女は表情を全く動かさず、瞳の気配だけで微笑《ほほえ》んだ。

「莫迦《ばか》、な……信じられん」小隊長は、両手の指の切断面を押さえながら、苦悶《くもん》の表情で呟《つぶや》いた。「少女暗殺者の……泉《いずみ》鏡花？　あの『三十五人殺し』の……？　莫迦な、何故《なぜ》『ポートマフィアの白い死神』と共にいる……『三十五人殺し』は、ポートマフィアを裏切り、姿を消した筈《はず》だ……！」

「慥《たし》かに、彼女は一度マフィアを裏切った」少年が云った。

「でも戻った」鏡花がそっと少年の隣《となり》に寄り添《そ》った。「すべては……この人のために」

二人は静かだった。闇の中に浮《う》かび上がる白い二人が喋《しゃべ》るたび、周囲の静けさが増していくようだ。

「兵士さん、〝兵士には兵士の死に方がある〟と貴方は云った。僕はその言葉を尊重します。だから貴方が、僕たちを相手に勝ち目のない戦いを挑《いど》むと決めたなら、それもいいでしょう」

少年は囁《ささや》くような声で云った。「その場合、僕は怖い死から逃《のが》れるために、全力で貴方の命を奪います」

小隊長は血走った目で二人の異能者を睨《にら》んでいたが、やがて肩《かた》を落とした。

言葉の代わりに、床を金属が転がる軽い音が響《ひび》く。小隊長が銃を手放したのだ。

「感謝します」

少年が一礼し、出口へと歩き出した。鏡花がそれに続く。

少年と鏡花は、視線も向けずに小隊長の横を通りすぎた。そのまま倉庫の出口へと向かう。

小隊長は振り向き、遠ざかる二人の背中を見つめた。もはや背後に人間など存在しないかのように歩く、平然とした背中を。

「少年。……名前は?」

小隊長が問うた。

返答を期待した問いではなかったが、意外にも答えはあった。

「中島敦《なかじまあつし》」

少年の澄《す》んだ声が室内に響いた。

中島敦……。

小隊長は直感した。これから幾度《いくど》も、自分はその名を畏怖《いふ》と共に思い出すだろう。闇を見るたびに、獣《けもの》を見るたびに。血臭と白い殺意の悪夢にうなされ、幾度も跳《は》ね起きるだろう。

もはや兵士は続けられない。

己《おのれ》の兵士としての人生は、ここで終わったのだ。

小隊長は膝《ひざ》をついてうずくまった。

跫音《あしおと》が遠ざかり、闇と静寂《せいじゃく》が戻っても、小隊長はうずくまったまま、子供のように震《ふる》えていた。


敦と鏡花は、倉庫を出て、海沿いの道を歩いていた。

街灯だけが冷たく路地を照らす道を、数十秒歩いてから——敦は不意に体勢を崩《くず》し、道路に膝をついた。

「大丈夫《だいじょうぶ》？」

鏡花が素早《すばや》く駆《か》け寄る。

「大、丈夫、だよ……鏡花ちゃん」敦は膝をついたまま、苦しげに呻《うめ》いた。「今回は、随分《ずいぶん》長く『変わって』た、からね……ちょっと、応《こた》えたんだ」

鏡花が素早く敦の黒外套《がいとう》を開き、長襟《ながえり》で隠《かく》されていた首筋を露出《ろしゅつ》させた。

敦の首には、巨大《きょだい》な首輪が嵌《は》まっていた。

黒く重厚《じゅうこう》な鉄環《てつかん》だ。鋭い鉤爪《かぎづめ》のような装飾《そうしょく》が外側にも、そして内側にもついている。杭《くい》のようなその鉤爪が首の皮膚《ひふ》を破って食い込み、幾《いく》筋も血が流れ落ちていた。

「早く外すべき」鏡花が指を伸《の》ばし、首輪を取ろうとした。

「いいんだ」敦が苦しげに云《い》った。「この輪の拘束《こうそく》と、痛みが、ないと……虎の力を制御《せいぎょ》できないから。虎《とら》が暴走したら、君にも危害が及《およ》ぶ」

「でも」

「我々がお送り致《いた》します、敦様」

街灯の届かない闇《やみ》の中に、黒服の一団が立っていた。

「広津《ひろつ》、さん」敦が首筋を押さえながら、苦しげに微笑んだ。「それに、黒蜥蜴《くろとかげ》の皆《みんな》……周辺の見張り、ありがとう」

十数人の黒服が、揃《そろ》った動作で頭を下げた。

「予定通り敵を殲滅《せんめつ》したご様子。お見事です」黒服の先頭に立った初老の紳士《しんし》が、小さく頷《うなず》いた。「今は拠点《きよてん》にて治療《ちりよう》を受けて下さい。その後、首領《ボス》にご報告を」

「判《わか》ってる」敦は頷いた。「相変わらず、首領《ボス》の作戦は完璧《かんぺき》だった……敵を闇に誘《さそ》い込んで殲滅する。罠《わな》の爆弾《ばくだん》についても事前に見抜《みぬ》き、鏡花ちゃんを配置してくれた」

敦はふらつく脚《あし》を手で支えて立ち上がった。

「すぐに首領《ボス》のところへ行くよ。次の任務がある筈だから」敦はまっすぐ前を見て云った。

「あの人は僕を救ってくれた。地獄《じごく》から救い出し、組織へ誘ってくれた。僕はあの人の命令は決して裏切らない」

そして歩き出した。闇を背負った、あどけない表情で。

「すぐに行くと、首領《ボス》に——太宰《だざい》さんに連絡《れんらく》してくれ」

喫茶店《きっさてん》の入口が開き、男が入って来た。

「あ」谷崎が振《ふ》り向いてその姿を認め、声を上げた。「お疲《つか》れさまです。遅《おそ》かったですね」

「遅いぞ」国木田も振り返って云った。「お前が勧誘《かんゆう》した新人の所為《せい》で、ちょっとした騒動《そうどう》が起こっている。何とかしろ」

背の高い男は、ぽりぽりと頭を掻《か》いた。そして口を開いた。

「ああ——遅くなった」

背の高い男が、ふらふらとした足取りで客卓《たく》へやってきた。

それから、憔悴《しょうすい》した様子で床《ゆか》を拭《ふ》く先程《さきほど》の女給に向かって、平坦《へいたん》な声で云った。「咖哩《カレー》をひとつ」

そして芥川の隣に座った。

赤銅《しゃくどう》色の頭髪《とうはつ》、砂色の長外套《コート》。顎《あご》には無精髭《ぶしょうひげ》。何かに集中しているような、それでいて何も考えていないかのような、意思の読めない顔をしている。

「時間に遅《おく》れた理由は何だ、織田《おだ》？」国木田が問うた。

「二丁目にある煙草《たばこ》屋のお婆《ばあ》さんに捕《つか》まって、話し相手をしていた」織田が木訥《ぼくとつ》とした声で答えた。

「またか」国木田が顔をしかめた。「お前は話の長い老人にやたら捕まるな。敬老精神は結構だが、仕事に三時間も遅刻《ちこく》するのは問題だぞ。途中《とちゅう》ですぱっと断れ」

「断った。だが誰《だれ》も本気にしない」織田は不思議そうな顔で答えた。

「お前の台詞《せりふ》はどこまで本気か善く判らんからな……」国木田は困った顔で云った。「ならせめて厭《いや》そうな顔をして、帰りたいことに気づかせろ」

「するんだが、誰も気づかない」

「本当か？　試《ため》しに今やってみろ」

織田はきょとんとして国木田を見つめ、黙《だま》った。

国木田は数秒待ってから、不審《ふしん》げな顔で訊《たず》ねた。「まだか？」

「今やっている」

「あ、そう……」国木田が疲れた様子で云った。

二人の様子を困ったように見ていた谷崎が、取りなすように云った。「えーと、芥川さん。もう知ってると思うけど、一応紹介《しょうかい》するよ。こちら織田作之助《さくのすけ》さん。二年前に入社した探偵《たんてい》社員で、今日から君の指導をする先輩《せんぱい》」

「宜《よろ》しく頼《たの》みます、織田先輩」芥川は素直《すなお》に頭を下げた。

「ああ」織田は表情を変えずに頷いた。「その後、ちゃんと食べているか」

「はい」

「ならいい」

頷いた織田の前に、女給が咖喱《カレー》の皿をそっと置いた。織田は目線だけで頷く。

「川縁《かわべり》にて織田先輩に見出《みいだ》して頂けねば、あのまま斃死《へいし》の憂《う》き目でした」

従順な様子で頭を下げる芥川を見ながら、国木田は云った。「まあ、孤児《こじ》を見ると放《ほう》っておけないのは織田の習性だからな……」

「特に理由はない」織田はそう云って、銀匙《さじ》で咖喱《カレー》をすくって一口食べた。「この咖喱《カレー》……全然辛《から》くないな。子供用か？」

そして店の奥を振り返り、店員へと声をかけた。「お姉さん。すまないが、もう少し辛口の――」

芥川が織田を攻撃《こうげき》したのはその時だった。

予備動作も殺気もなく放たれる、必殺の衣刃《ころもば》。織田の視界外から、頭部を正確に狙《ねら》った鋭刃《えいじん》が迫《せま》る。命中すれば、音もなく首が両断されてころりと頭部が落ちるだろう。

織田は、その一撃《いちげき》を銀匙で受けた。

匙で衣刃を押して軌道《きどう》を変えさせたのだ――振り返りもせずに。

顔の横を衣刃が通り抜《ぬ》け、空気を焦《こ》がした。織田はそれをちらりと見てから、店員に云った。

「辛口の咖喱《カレー》に換《か》えて貰《もら》えるか？」

店の奥から、店員が了承《りようしよう》する返事があった。

「な……」

一方、眼前で殺人未遂《みすい》が行われた探偵社員たちは、仰天《ぎようてん》した顔のまま固まっていた。

国木田が喉《のど》から声を絞《しぼ》り出した。「今のは何だ？」

織田は国木田のほうを向いて云った。「咖喱《カレー》は辛口に限るからな」

「違《ちが》う！」国木田が叫《さけ》んだ。「おい新人！　何の心算《つもり》だ！　今の攻撃、どう見ても首を両断する軌道だったぞ！」

「何の心算《つもり》、とは？」

芥川が答えると同時に、さらに二条の衣刃が空間を貫《つらぬ》いた。

灰色の刃が織田の顔面と心臓、二点を精確に狙う。だが織田は頭を軽くずらし、体を斜《なな》めに傾《かたむ》けて攻撃を回避《かいひ》した。避《よ》ける前にも後にも、刃に視線ひとつ向けなかった。

「おい！」

「川べりでこいつを拾った時、いきなり襲《おそ》いかかられた」織田はごく普通《ふつう》の表情で云った。「俺が撃退《げきたい》すると、芥川は強さを得る術《すべ》を教えてほしいと云いだした。人を鍛《きた》える術など知らんが、社の後輩《こうはい》になれば指導くらいはできると答えた。それで彼は今ここにいる」

織田は手で芥川を指し示した。芥川は素直に頷く。

「僕《やつがれ》は幸運だ。これ程の遣《つか》い手には逢《あ》ったことがない」

頷きながら、斜めの衣刃を奔《はし》らせる芥川。織田は銀匙でさらりと受け流す。

「いや……いやいや」国木田は首を振った。「慥《たし》かに織田の異能は強力だが……だからと云《い》って店の中で暴れる奴《やつ》があるか！　兎《と》に角《かく》、止《や》めろ！　強さを求めるなら、せめて稽古場《けいこば》でやれ！」

「仇敵《きゅうてき》が稽古場で待っているならば苦労はせぬ」芥川は鋭《するど》い視線で云った。「遭遇《そうぐう》の瞬間《しゅんかん》は道端《みちばた》でか、店か、或《あ》いは列車の中か……孰《いず》れにせよ、然《しか》るべき場での闘術《とうじゅつ》が必要だ。でなければ意味が無い」

「仇敵だと？」

「殺したい相手が二人いるそうだ」織田が芥川を見ながら云った。「そのために今まで異能を磨《みが》いてきたと」

「そのうち一人は、顔も素性《すじょう》も判らぬ男だ」芥川が言葉を継《つ》いで云った。「僕《やつがれ》は『黒衣の男』と呼んでいる。妹を拐《かどわ》かした男だ。奴を斃《たお》し、生き別れとなった妹を取り戻《もど》す」

「生き別れ？　妹さんと？」谷崎がはっとして芥川を見た。「はあ……それで先刻、妹の話の時に怒《おこ》ってたンだ」

ナオミが芥川を見て云った。「妹さんの居所に心当たりは？」

「皆目《かいもく》見当もつかぬ。生死すらも不明だ」普段《ふだん》は感情の窺《うかが》えない芥川の瞳《ひとみ》の奥に、かすかな光が揺《ゆ》れた。「だが必ず見つけ出す」

「探偵社で見つけたい捜し人とは、それか」国木田が腕《うで》を組んだ。「慥かに、探偵社なら市警の身元不明人情報も閲覧《えつらん》できるし、裏社会に関する情報も得やすいが……」

谷崎が困った顔で台詞を引き継いだ。「それでも、この広大な街で、人ひとり捜すのは容易じゃありませんからね」

「うふふふ……皆様《みなさま》、何を仰《おつしや》っているの？」ナオミが唇《くちびる》の端《はし》を持ち上げて、愉快《ゆかい》そうに云った。

「芥川さん、貴方《あなた》は本当に賢《かしこ》い選択《せんたく》をなさったわ。何故《なぜ》って、行方《ゆくえ》不明の妹さんを捜すのなら、探偵社よりも適した組織は世界中のどこにもありませんもの」

ナオミは楽しそうに全員を見回し、秘密めいた小声で告げた。「そうじゃありません？　だって探偵社には、あの方がいらっしゃるんですもの」

「あ」

「そうか……慥かに」

「その通りだな」

全員が一様に頷《うなず》いた。

「芥川さん、貴方の妹さんは見つかったも同然ですわ」ナオミは微笑《ほほえ》んで立ち上がった。「それじゃ、参りましょう。ご紹介《しようかい》致《いた》しますわ……世界一の名探偵を！」

ポートマフィア本部ビル。

横浜の一等地にそびえ立つ、黒い建築物。外見は清潔で新しい高層ビルだが、その内実は難《なん》攻《こう》不《ふ》落《らく》の要塞《ようさい》だ。窓硝子《まどガラス》はすべて防弾《ぼうだん》・防爆《ぼうばく》。外壁《がいへき》は戦車の榴弾砲《りゅうだんほう》すら防ぐ特別仕様になっている。軍の要塞施設《ようさいしせつ》並みの防御《ぼうぎょ》力だ。

敦はそのビル内部を進んだ。

銃《じゅう》で武装した無口な同僚《どうりょう》の間を通り抜け、王侯《おうこう》の謁見《えっけん》の間にあるような毛足の長い高級絨《じゅう》毯《たん》を踏《ふ》みながら、目的地へと向かう。

そして廊下《ろうか》の突《つ》き当たり、堅牢《けんろう》なつくりの両開き扉《とびら》の前で立ち止まった。

「首領《ボス》。敦です。招集に応じ、参上致《いた》しました」

数秒の間があって、「入れ」と声がした。

「失礼します」

広い首領執務室《ボスしつむ》には、独特の雰囲気《ふんいき》があった。照明のための飾《かざ》り燭台《しょくだい》も、中央に設《しつら》えられた執務机も、世界中にふたつとない高級骨董《こっとう》品だ。だがどんな装飾《そうしょく》具も、この部屋に間違《まちが》えて迷い込んだ余所者《よそもの》のように見える。

部屋には死の気配が充満《じゅうまん》していた。

床《ゆか》も天井《てんじょう》も黒。壁《かべ》も四方が黒。壁のうちひとつは通電することで透明《とうめい》になり、横浜の街を一望できる全面窓になるはずだったが、その機能はこの四年間、一度も使われていない。

すべては現首領《ボス》——太宰を、狙撃《そげき》や砲撃《ほうげき》から護《まも》るためだ。

「頭《ず》が高《たけ》えぞ、遊撃《ゆうげき》隊長」部屋の背後に控《ひか》えた幹部が云った。「首領《ボス》の御前《ごぜん》だ。控えろ」

敦はすぐさま片膝《かたひざ》をついて屈《かが》み、深く頭を下げた。「申し訳ありません」

その部屋には、二人の人間がいた。

一人は、室内後方に直立不動で控える護衛の幹部だ。黒い背広に黒帽子《ぼうし》。少年と見紛《みまが》うような背格好だが、その実力は、組織第二位の権力を持つ最高幹部にして、マフィア最強の異能者だった。

もう一人は、中央の黒い玉座に腰掛《こしか》け、通信機へ語りかける、この部屋の主《あるじ》。

「いいんだ、中也《ちゅうや》。——ご苦労だった、敦君。帰還《きかん》を歓迎《かんげい》しよう」

その声は、王の威厳《いげん》と、悪魔《あくま》の無慈悲《むじひ》さを同時に備えた声。

巨大《きょだい》暗黒組織ポートマフィアを束ねる首領《ボス》、太宰治《おさむ》。

黒い外套《がいとう》も黒い靴《くつ》も、欧州《おうしゅう》の王侯貴族ですら羨《うらや》むような最高級品だ。

「ありがとう……ございます、太宰さん」

敦は顔を下げたまま、緊張《きんちょう》した声で云った。

すぐに中也の低い声が割り込んだ。「あァ？　首領《ボス》と呼べ、丁稚《でっち》。ぶっ殺されてえか」

「まあまあ中也、善《い》いじゃないか」太宰は脚《あし》を組み替《か》えながら云った。「それより、彼と二人で話をしたい。中也、少し外してくれ」

「はァ!?」中也は先程《さきほど》とはうってかわって、粗雑《そざつ》な口調になって云った。「何云ってやがる。幹部でも秘書でもねえ一介《いっかい》の構成員が、お前に直接会ってるってだけで特例中の特例なんだぞ」

「何で？　敦君は信頼《しんらい》のおける部下だ」

「信頼は関係ねえ。こいつが異能で操《あやつ》られてたり、自分でも知らずに爆弾《ばくだん》を埋《う》め込まれてたらどうする？　前例だってあるだろうが。二人きりなんか許可できる筈《はず》ねえだろ」

太宰は微笑んで中也を見た。

「許可？　許可など求めていないよ中也。君は幹部、そして私は首領《ボス》。そしてマフィアにおいて命令は絶対だ。指揮系統は大事にしないとね」

中也はしばらく不機嫌《ふきげん》そうな顔で黙《だま》っていたが、やがて乱暴な足取りで歩き出した。

「ああそうかよ。なら好きにしろ」

敦の横を大股《おおまた》で通り抜《ぬ》けながら、中也はそう吐《は》き捨てた。

敦の横を抜けた後、一瞬《いっしゅん》立ち止まり、敦のほうを見ずに云った。

「首領《ボス》を死なせたら許さねえぞ、丁稚。……こいつはいつか、俺がぶっ殺すんだからな」

そして扉を乱暴に開いて出ていった。

「やれやれ。殺したいほど嫌《きら》いな私と、護らなければならない首領《ボス》の私、ふたつの間で迷い苦しむ中也を見るのは楽しいが……こういう時は、ちょっとやりすぎたかなと思うね」太宰が苦《く》笑《しょう》し、敦へと向き直った。「楽にしてくれ、敦君」

敦は立ち上がり、腕を後ろに組んだ。

「さて……作戦の結果報告は聞いているよ。敵部隊を一人で殲滅《せんめつ》したそうだね」

「はい」

「君が斃《たお》した敵部隊は、租《そ》界《かい》の海外軍閥《ぐんばつ》に雇《やと》われた傭兵《ようへい》だ。だがさらにその背後で糸を引いていたのは、中央にいるさる大臣だろう」長い脚を組み替えながら、太宰は優《やさ》しげな声で云った。

「この四年で近海の航海権をほぼ押さえてしまったポートマフィアに、頭を痛めての今回の暗殺計画だろうね。気の毒な話だ……今回の襲撃《しゅうげき》失敗で、大臣はさらに頭痛の種を増やすことになる」

そう云って太宰は愉快そうに目を細めた。

太宰が先代の後を継いで首領《ボス》となってから四年。その間、ポートマフィアは以前とは比較《ひかく》にならない程急速に権力を拡大していった。司法、流通、銀行、都市開発。横浜はおろか関東一円においてポートマフィアがその影響力《えいきょうりょく》を行使しえない機関は存在せず、その武力は今や国家機関に匹敵《ひってき》するほどの規模となっている。

それらの偉業《いぎょう》はすべて、新首領《ボス》である太宰の手腕《しゅわん》によるものだった。

彼は四年前に先代の森《もり》から首領《ボス》の座を継《つ》いで以来、一睡《いっすい》もしていないという噂《うわさ》だ。

「さて……早速《さっそく》だが、次の任務について説明しよう。芥川君が横浜の探偵《たんてい》屋に入社したことで、計画は第二段階を通過した。これから第三段階の準備に入る」

「探偵屋？　第三段階……？」敦は首を傾《かし》げた。「何の話ですか？」

「巨大な計画だよ、敦君。気が遠くなる程のね」太宰は微笑んだ。「そしてそれには、君の任務遂行《すいこう》が不可欠だ。……頼《たよ》りにしているよ、敦君。表情ひとつ変えずに敵を屠《ほふ》る、恐怖《きょうふ》を知らぬ『ポートマフィアの白い死神』」

不吉《ふきつ》な響《ひび》きのその言葉が、室内に反響《はんきょう》し、壁や床に吸い込まれて消えるのを、敦はじっと耳をすまして聞いていた。それから云《い》った。

「恐怖を知らない、なんてことはありません」静かで乾《かわ》いた、戦場の白骨を思わせる声だった。「僕は怖《こわ》がりです。銃で撃《う》たれるのも、自分の血が流れるのも、凄《すご》く怖い」

「だが報告では、君は無表情で歴戦の兵士たちを殺戮《さつりく》し続けたと聞いているよ」

「ええ。……戦場は怖いのに、体は汗《あせ》ひとつかかないし、震《ふる》えひとつ起こさないんです。凪《な》いだ湖のように無反応です。あの時からずっと」

太宰の目が鋭《するど》く細められた。

「あの時、か」と太宰は云った。「それは君が、私の命令を無視して行動した、あの日かい？」

敦の顔から、感情が遠のいていった。元からほとんどなかった表情が、からからに消えていった。そして完全な無になった。

「僕、は」

その声は震えていた。

「僕は、あれは、あの事件は」敦は膝《ひざ》を折り曲げ、自分の腕《うで》を抱《いだ》くように摑《つか》んだ。関節が白くなるほど腕に食い込んだ指は、残らず震えていた。

それは恐怖からくる震えだった。真の恐怖、死よりももっと深いところから来る、魂《たましい》の悲鳴だった。

「違《ちが》う、僕は、僕は——」

「君が怖がりだというのは、その通りだと思う。かつての君は、敵の前であっても逃《に》げ道を探す、臆病《おくびょう》な少年だった。だがあの日を境に変わった。何故《なぜ》だか判《わか》るかい？」

敦は震えている。耳の後ろから、冷や汗が間断なく流れ落ちている。

「恐怖をかき消すものは、やはり恐怖だ。あの日から君は、許容量を超《こ》えた恐怖を感じ続けている。一秒も休まることなく……そのことが、別の恐怖に対する反応を奪《うば》ってしまったんだ。銃も、刃物《はもの》も、敵の殺意も、君の心の奥まで届くことは決してない。そこには既《すで》に、怪物《かいぶつ》のような恐怖が横たわっているからだ」

太宰が冷徹《れいてつ》な瞳《ひとみ》で敦を見た。

太宰の言葉を、敦は聞いていない。冷たい汗が流れ落ち、膝から爪先《つまさき》までがガクガクと震えている。いつ前のめりに倒《たお》れてもおかしくない。

「まだ逃《のが》れられないのかい？　——彼が死んだ恐怖から」

「違、違う僕、僕は、怖が、怖がってなんか——」

もはや己で制御《せいぎょ》できないほどの震えのために、敦は床にうずくまった。

「命令、して下さい、太宰さん」敦は震える歯の奥から、どうにか声を絞《しぼ》り出した。「今すぐに。もう二度と、貴方《あなた》の命令には背《そむ》きません。絶対に、絶対に、絶対に」

「その言葉を信じよう」太宰はそんな敦を冷徹に見下ろしながら云った。「では必要な書類を秘書が渡《わた》す。詳細《しょうさい》はそれを確認《かくにん》してほしい」

奥の扉《とびら》から、音もなくひとりの女性秘書が現れた。

敦とほぼ同年代の、静かな女性だ。ほっそりした黒背広を、皮膚《ひふ》のように自然に身につけている。長く黒い髪《かみ》は首の後ろで結《ゆ》われている。

そこに立っているだけで、周囲の音を吸い込んでしまいそうな目をした女性だ。

「銀《ぎん》ちゃん、地図と手紙を」

「こちらに」

銀、と呼ばれた秘書は、黒い封筒《ふうとう》を太宰に手渡《てわた》した。

太宰はそれを受け取って、敦に向けて云った。

「敦君。君の次の標的は——武装探偵社だ」

武装探偵社の事務所は雑然としていた。

雑居楼閣《ビル》の四階。雑然と事務用具が並んだ広い階層《フロア》には、机に座り猛然《もうぜん》と仕事を熟《こな》す事務員たちの姿があった。

探偵社の役職は主に事務員と調査員とに分けられる。事務員は書類、会計処理、社外との連《れん》絡《らく》や交渉《こうしょう》、情報処理を担当する。調査員は実際に調査に向かい、危険な現場に乗り込み、事件を解決する。

その業務の性質上、調査員は全員が何らかの異能を所有している。

——ただ一人を除いて。

「人捜《さが》しぃ？　やだー。面倒臭《めんどうくさ》い」

事務机に脚を乗せ、持ち手つきの飴《あめ》を舐《な》めながら、江戸川乱歩《えどがわらんぽ》は云った。

「乱歩さん、そこを何とか……」

乱歩の周囲で困った顔を並べるのは、喫茶店《きっさてん》にいた面々——谷崎、織田、国木田、芥川、ナオミである。

「新人の芥川さんには、生き別れの妹がいるそうなンです」谷崎が取りなすような表情で云った。「妹についての不幸となると、黙《だま》っていられなくて……何でも妹さんは、『黒衣の男』と呼ばれる人物に誘拐《ゆうかい》されたそうなンですが」

座っていた乱歩の表情が、ぴくりと動いた。

乱歩は天井《てんじょう》に顔を向けたまま視線を右に動かし、左に動かし、また右に動かした。そして云った。「顔や名前は？」

「不明だ」芥川が云った。「だが声を聞けば、僕《やつがれ》には必ず判る」

「はーあ」乱歩は首を後ろに傾《かたむ》け、盛大にため息をついた。「なんでこう、世の中には莫迦《ばか》と無知と見当違《けんとうちが》いしかいないもんかな」

「何？」芥川の目が鋭く細められる。「僕《やつがれ》はそのうちの孰《いず》れだ？」

「まあまあ」谷崎が慌《あわ》てて芥川を宥《なだ》める。

「いいかい？　最初に云っておくけどね」乱歩が体を起こしながら云った。「僕は世界最高の名探偵だけど、気の乗らない事件は捜査《そうさ》しない。つまり問題は君のほうにある」

「捜査の必要は無い」芥川は青褪《あおざ》めた顔で云った。「妹は——銀は僕《やつがれ》が独力で見つけ出す」

乱歩はため息をひとつつくと、懐《ふところ》から一枚の紙片《しへん》を取り出して机の上をすべらせた。

芥川は一瞬《いっしゅん》だけ紙片に目を落としてから再び乱歩を見た。「これは？」

「『いいよカード』」

乱歩はそう云った。

「いいよ……、何？」

持ち手つきの飴を口の中で転がしながら、乱歩は軽い調子で云った。「君に捜し物の動機があることは事前に耳に挟《はさ》んでいたし、そうなら早晩僕に相談に来ることは明白だ。だからもう事前調査を済ませ、おおよその場所の見当はつけてある。……君の妹は生きてるよ」

「何！」芥川は急に身を乗り出した。「何処《どこ》だ、銀は何処にいる！」

「だからそのカードなんだって」

芥川は改めて紙片を見た。掌《てのひら》に収まるほどの大きさの、長方形の厚紙。白い紙面が、黒い直線によって六つに区切られている。

「探偵社の調査員全員に事情を説明し、全員から了承《りようしよう》の印として『いいよ判子』をそのカードに押して貰《もら》うこと。それが妹捜しの条件だ。ちなみに社長にはもう貰ってある」

六つに区切られたうちのひとつに、鮮《あざ》やかな朱印《しゆいん》で『いいよ』と記された印鑑《いんかん》が押されていた。残り五つは空白になっている。

「『いいよ判子』を貰う条件は、裏面に書いてある。基本的には何らかの対価もしくは条件を要求し、それに応《こた》えた場合にのみ判子を押して貰える。どんな対価を要求されるかは――まあ、各社員の裁量で好きなようにすればいい」

乱歩はそう云《い》って、木彫《きぼ》りの印鑑を取り出し、机の上に転がした。

「つまり……全員から許可が下れば、妹の居場所を教えるという訳か」芥川が考える表情をしながら云った。「だが、既に社長が押印している理由は？」

「僕が名探偵《めいたんてい》だから」乱歩は飴を舐めながら云った。「そもそも、そのカード製作を僕に命じたのが社長なんだよ。君からの依頼《いらい》をどうしたものか、事前に社長に相談してね。そうしたら、新人が全員に受け容《い》れられるよう取り計らえって云われた。ま、社長の命令じゃ断れないしね」

芥川はしばらく思案顔で紙片を眺《なが》めていた。

だが不意に、意を決したように紙片を手に取った。

「四年半だ。四年半の間、妹を捜し求めた。半身を引き千切られたまま、断面より不可視の血を流したまま……今更《いまさら》紙片に印を求める刻など、ものの数ではない」

「そうこなくっちゃあね」乱歩は微笑《ほほえ》んで云った。「健闘《けんとう》を祈《いの》るよ、新人探偵さん。まあもっとも」

乱歩はそこで言葉を切り、真剣《しんけん》な顔をした。そして予言者のような声で云った。

「君が本当に苦しむのは、判子が揃《そろ》った後だけどね」

それから。

芥川が全員から判子を貰うのに、おおよそ四週間の日数を要した。

最初に判子を押したのは谷崎だった。彼は全く何の条件も課さなかった。カードの説明を聞いたすぐ後、乱歩がいる目の前で、カードに判を押してみせた。

「もしボクが君の立場だったら」と谷崎は笑って云った。「もしナオミが誘拐されて、その手がかりを捜してるンだとしたら……きっとカードの完成まで待っていられない。乱歩さんを殴《なぐ》ってでも、妹の居所を今聞き出そうとすると思う。芥川さんは偉《えら》いと思うよ。だからボクはこれでいい」

照れくさそうに判子を押す谷崎を、芥川は凪《な》いだ目で見た。それから判子の押されたカードを見て、もう一度谷崎を見た。そして「感謝する」と云った。

「もし善ければ、ひとつ忠告をしたいンだけど、聞いて貰えるかな」谷崎はカードを手渡しながら、真剣な目をした。「もし妹さんを見つけて、取り戻《もど》す時にその『黒衣の男』が立ちはだかったとしたら……容赦《ようしゃ》はするな。探偵社員としての義務とか、社会的な正しさとかは忘れるンだ。結果としてそいつを殺しても、君の所為《せい》じゃない。……この世には、妹より大事な正義や倫理《りんり》なんて、存在しないンだから」

国木田が顔をしかめて「おいおい」と云ったが、それ以上は何も云わなかった。

芥川は差し出されたカードを受け取りながら、云った。「判《わか》った。若《も》し恙《つつが》なく妹を取り戻せたなら、谷崎さん、貴方《あなた》に最初に報告しよう」

次に判子を押したのは、社の最年少調査員である宮沢賢治《みやざわけんじ》だった。

「僕も今すぐ押してもいいんですけど」少年らしい元気な声で賢治は云った。「乱歩さんから条件を出せって云われてるのもありますし……それに丁度、ちょっとした人手が欲しい仕事が来てたんです。前田《まえだ》のお姉さんが、簡単な農作業をしてほしいからと……手伝いをお願いできますか？　大丈夫《だいじょうぶ》、手順は僕がお教えしますし！　そのくらい本当に簡単な、誰《だれ》にでもできる単純な仕事ですから！」

田植えだった。

後に探偵社員は語る。眼前の、広大な田圃《たんぼ》地帯を眺める芥川の表情。表情変化のない芥川が、あれ程《ほど》『途方《とほう》に暮れた』表情を見せたのは、後にも先にもあの時だけだったと。

「さあ、早速《さっそく》はじめましょう！」作業服に田植え靴《ぐつ》を身につけた賢治が、元気に云った。「大丈夫です！　朝早起きして探偵社の始業までやれば……来週か、再来週《さ》には終わるでしょうから！」

田圃の数は一枚や二枚ではなかった。山と山に囲まれた盆地《ぼんち》に、見渡《みわた》す限《かぎ》りの美しい水田が広がっていた。

――最大で二週間、掛《か》かるのか？

芥川が、唇《くちびる》の動きだけでそう云った。声にはしなかった。ならなかったのかもしれない。

「あのう……すみません、ホントに大丈夫ですか？」賢治が申し訳なさそうに云った。「妹さんのことがあるのに……やっぱり、別の仕事にします？」

芥川はしばらく厳しい目つきで田圃を眺めていたが、やがて云った。

「対価を支払《しはら》うと云ったのは僕《やつがれ》だ。それに育った場所では、糧食《りょうしょく》を粗末《そまつ》に扱《あつか》う者から死んでいった。……やろう」

芥川が田圃に向け足を踏《ふ》み出す。

「あっ、その格好のままでは駄目《だめ》です」賢治が笑顔《えがお》で云った。「作業服と、田植え靴に着替《きが》えて下さいね。それからこの麦《むぎ》わら帽子《ぼうし》も！　絶対似合うと思いますよ！」

「………」


一日目は、賢治に手順を学びつつ、覚悟《かくご》を決めるだけで終わった。二日目は、慣れない動作に腰《こし》を痛めた。三日目、四日目は休養。五日目は、異能で田植えをすることを学んだため、作業効率が大幅《おおはば》に上昇《じょうしょう》した。賢治は両手を叩《たた》いて喜び、芥川を賞賛した。

農家から田植機を借りて異能と速度を競《きそ》ったり、雨の日に洪水《こうずい》が起きないか見張りに行ったり、水田の所有者から差し入れの握《にぎ》り飯《めし》を貰って食べたりした。芥川はさほど厭《いや》な顔をせず黙々《もくもく》と作業に従事した。水田を眺めながら、「貧民街時代、ねぐらの裏手に小さな馬鈴薯《ばれいしょ》畑を作った時のことを思い出す」と云った。

十日目、問題が起きた。

いつものように田圃に向かうと、植えた稲《いね》の半数ほどが黒く変色して枯《か》れていた。賢治はひとしきり稲を調べた後、おそらく用水が原因だろうと云った。二人で幹線用水路を調査すると、水路の上流付近に不法投棄《とうき》された産業廃棄物《はいきぶつ》から、有害な可溶《かよう》有機物が漏出《ろうしゅつ》していたことが判明した。

廃棄物の容器を探偵社が調べることで、不法投棄の犯人はすぐに判明した。大規模な製薬工場を持つ、さる製薬会社だった。

水田のおよそ半分が駄目になった。運悪く、被害《ひがい》を受けたのは既《すで》に二人が田植えを終えた水田ばかりだった。賢治は「仕方ありませんから、無事な田圃だけでも田植えを終わらせましょう」と云った。

だが、芥川は納得《なっとく》しなかった。

翌日、芥川は単身で製薬会社ビルへと乗り込んだ。

警備員を異能で絞《し》めて気絶させ、事務階層《フロア》へと進んだ。事務が管理している産業廃棄物管理表を確認《かくにん》すれば、不法投棄を計画した犯人が判明する。その犯人を締《し》め上げれば、不法投棄を指示した上司が判明するだろう。すべてを計画した黒幕を見つけ出すまで、それを繰《く》り返す心算《つもり》だった。

だが、芥川が今まさに事務室の扉《とびら》を開き入ろうとした時、背後から声をかけられた。

そこには賢治と谷崎、それに織田がいた。

「帰りましょう」と賢治が云《い》った。

「このくらい、かわいいものです」

帰りの道すがら、芥川と二人になった時、賢治は云った。

「自然がもたらす災害のほうがもっと兇悪《きょうあく》で理不尽《りふじん》です。水害、冷害、干害、虫害。何年もかけて準備したものが一晩で吹《ふ》っ飛んだりします。でも今回は半分も残りました。それに、探偵社が不法投棄の犯罪を証明すれば、訴訟《そしょう》で被害額《ひがいがく》の賠償《ばいしょう》をしてもらえます。太陽や虫に賠償してもらうことはできませんからね。なんてことありませんよ」

「納得出来ぬ」芥川は鋭《するど》い視線を賢治に向けた。「賠償が何だ。金を払《はら》えば悪意が許されると云うのか？　ならば富める者、持てる者は如何《いか》なる罪悪も許されることになる。この世に悪意を抑止《よくし》する術《すべ》があるとするなら、それは唯《ただ》ひとつ、報復だ。敵の首は皆道端《みなみちばた》に晒《さら》せ。罪科と恐怖《きょうふ》を敵に刻みつけよ。それ以外に己《おの》が身を守る手段は存在しない。……存在しなかった」

賢治は少しそれについて考えてから、「すみません、そうかもしれませんね」と云った。

それからしばらく、二人は何も云わなかった。

黙々と歩いて、気がつけば水田の前まで来ていた。赤橙色《せきとうしょく》の夕陽《ゆうひ》が、水田を残らず燃えるように輝《かがや》かせていた。山の稜線《りょうせん》の先から、夜の気配が忍《しの》び寄ってきつつあった。

「夜が来て、朝が来ます」水田を眺《なが》めながら、賢治が云った。「春が来て、秋が来ます。みんな半分ずつです。草が育って、木が枯れて、動物が子供を産んで、それから死んで……土といっしょに生活してると、自然はそういうふうに、半分ずつで成り立っていることが、だんだん判ってきます。ある悪いことが……嵐《あらし》や土《ど》砂崩《しゃくず》れなんかが起こった時は、なんだかそういう悪いことがずっと続くような気がしてしまいますけど、ホントはいいことも悪いことも、全部まとめて自然なんだって……生きることなんだって、村ではみんなそう考えてます」

「僕《やつがれ》には判らぬ」同じ風景を眺めたまま、芥川が云った。「吉事《きちじ》と凶事《きょうじ》が半分ずつ等分だと？貧民街で死んだ僕《やつがれ》の仲間たちに、同じ言葉をかける気になるか？」

「だから、貴方《あなた》が残りの半分なんです、芥川さん」賢治は芥川を見た。「貴方は生き延びました。それも、ものすごく強い異能を身につけて。皆《みんな》がいいほうの半分を譲《ゆず》ってくれたんですよ。だから」

賢治はそこで言葉を切り、輝く夕陽を瞳《ひとみ》の中に宿して微笑《ほほえ》んだ。

「だからきっと、妹さんは戻《もど》ってきますよ。いいほうの半分が、これから沢山《たくさん》待ってます。それが自然ってものです」

芥川はしばらくその言葉を吟味《ぎんみ》するように賢治を見ていたが、やがて夕陽に目を向けた。

「そうか」芥川は抑《おさ》えた声で云った。「死んだ仲間たちが、僕《やつがれ》に半分を譲ってくれたか」

山の稜線が、夜の紫《むらさき》に染まりつつあった。誰《だれ》も何も云わなかった。

残された田植えを、二人は四日で完了《かんりょう》させた。

最終日、様子を見るために国木田が水田地帯へと向かうと、泥《どろ》にまみれた二人が水田の中で雑談をしているのが見えた。

「畑がちゃんと元気にしてるかどうか見るなら、そこにいる虫を食べるのが一番です！　いい畑の虫は、茹《ゆ》でて食べると結構おいしいですよ」

「そうか。僕《やつがれ》も嘗《かつ》て食い詰《つ》めた時、土を掘《ほ》って虫を喰《く》ったものだ。人工林や農耕地より、手つかずの山地にある幼虫が特に美味だった」

「今度塩焼きをご馳走《ちそう》しますよ！」

「楽しみだ」

会話する二人を見て、国木田は茫然《ぼうぜん》と呟《つぶや》いた。「……仲良くなっとる……」

その後無事に田植えを完了させ、芥川は賢治から判子を押してもらった。探偵《たんてい》社の廊下《ろうか》で、「お米ができたら、一割ほど貰《もら》えることになってますから、楽しみにしていて下さい」と賢治は云って笑った。当分飢《う》える心配はなさそうだ、と芥川は云った。

ちょうどその時、国木田が通りかかった。芥川は国木田に、不法投棄事件の調査進捗《しんちょく》を訊《たず》ねた。国木田は「もう解決しそうだ」と答えた。その後芥川をじっと見て「お前……もしかして、

日焼けした？」と訊ねた。

「せぬ」と芥川は答えた。

「いやでも、首元のとこ、肌《はだ》の色に境界線が」

「せぬ」芥川は無表情で答えた。

「そうか？　まあいいが……不法投棄《とうき》の事件だったな。心配するな。間もなく解決する。廃棄《はいき》物《ぶつ》の輸送業者があっさり吐《は》いた。後は製薬会社に対する逮捕状《たいほじょう》を取るだけだ」

「それは重畳《ちょうじょう》。……だが、輸送業者は何故《なぜ》そうも容易《たやす》く白状した？　違法《いほう》業者にとって依頼《いらい》人を売るのは御法度《ごはっと》の筈《はず》だが」

そう訊ねると、国木田は小さく笑って云《い》った。

「白状するさ。この街の誰も、賢治を本気で怒《おこ》らせたくはないからな」


次は国木田の番だ。

国木田は、最初に乱歩から『いいよカード』の話を聞いた時から、どのような対価を芥川に要求するかを決めていた。元々の構想そのものはもっと前、一年以上も昔から頭の中で組み立てられていたものだ。

だからこそ、その対価の内容を聞いた時、全員が納得した。——ああ、国木田さんならまあ、それを要求するでしょうね、と。


早朝、六時半。

武装探偵社の社員寮《りょう》。

「おい新人！　出社予定時間だぞ！　起きて準備をしろ！」

社員寮の前に、国木田の怒声《どせい》が響《ひび》きわたった。

「起床《きしょう》予定時間を二分半も過ぎているぞ！　今日からお前には二週間、俺が決めた予定表《スケジュール》に従って動いて貰う！　お前が前例となり、探偵社員の自由すぎる業務様式《スタイル》を変革するのだ！」

国木田が自分の腕《うで》時計《けい》を指差しながら怒《ど》鳴《な》る。

「さあ起きろ！　二十二分で朝食、十八分で準備、十六分三十秒で出社移動、業務準備六分十秒ののち業務開始だ！　計画は完璧《かんぺき》でこそ意味があるのだ！　判《わか》ったら早く——」

「こちらだ、先輩《せんぱい》」

国木田の頭上から声が降ってきた。

芥川が、寮の屋根の上に立ち、朝日を眺《なが》めていた。

朝の微《び》風《ふう》が、灰色の外套《がいとう》をはためかせている。芥川は瞬《まばた》きひとつせず、朝の色に染まっていく街並みを屋根の上から見《み》渡《わた》していた。彫像《ちょうぞう》のように動かず睥睨《へいげい》するその様子は、己の領地である城下を見渡す王侯《おうこう》を思わせる。

「お前……起きていたのか」

「僕《やつがれ》は眠《ねむ》りが浅い」芥川は景色を眺めたまま云った。「故《ゆえ》にこうして早朝、街の気配を感じ取ることにしている。危機や悶着《もんちゃく》の接近は朝の気配に最初に現れる。逃亡《とうぼう》する車の運転音、燃料油の撒《ま》かれる匂《にお》い、積載《せきさい》限界を超《こ》えた輸送船の汽笛……」

そこで言葉を切り、寮の前に立つ国木田のほうに視線を移した。「出社の時間か。今向かう」

芥川はそう云って異能で自分の体を持ち上げ、器用に地上へと降り立った。

「ああ……。お前、朝飯は？」国木田が芥川に向けて訊ねた。

「要《い》らぬ」

「何？　駄目《だめ》だ。朝食は一日の基本だ。朝食を抜《ぬ》くと膵臓《すいぞう》が十分に活性化せず、昼食・夕食時の血糖値制御《せいぎょ》能力が低下する。一食抜いただけで、一日に亘《わた》って人的性能《パフォーマンス》が低下するのだ。故に、理想的な業務には理想的な朝食が」

芥川は表情を変えず、説教をする国木田の横を通り抜けて歩いていく。

「おい待て、芥川！　先輩の話は最後まで聞け！」

国木田の問題意識を一言で表現するなら、こうだ。

探偵《たんてい》社員は自由すぎる。

無謬《むびゅう》なる業務計画を愛する国木田にとって、探偵社員の自由すぎる振る舞《ふま》いは常に頭痛の種だった。業務中だろうが接客中だろうがねっとりいちゃつく谷崎兄妹《きょうだい》、近所のお婆《ばあ》さんに話し込まれて業務に遅刻《ちこく》する織田、治療《ちりょう》のためと称《しょう》して患者《かんじゃ》を三度も四度も解体する与謝野《よさの》、牛が産気づいたと云って突然《とつぜん》いなくなる賢治、気が向いた事件しか担当したがらない名探偵、乱歩。

無論、それぞれが勝手を許されているには相応の理由がある。だからこそ社長も彼等の自由を許しているのだし、であれば国木田が矯正《きょうせい》を提案する謂《い》われはない。故にこれまで黙認《もくにん》してきた。

だがしかし。

そもそも、国木田が好む言葉は「すべて予定通り」であり、嫌《きら》いな言葉は「まあこれでもいっか」である。彼は理想を希求する一個の永久機関であり、完全な状態を得るまで決して止まらない。

そして国木田の頭の中にある理想の探偵社は、今の姿とははるかにかけ離《はな》れたものだ。

「芥川、お前を風紀委員に任命する！」

そう国木田は宣言した。

社会人たるもの、新人に業務の不真面目《ふまじめ》を指摘《してき》されるほど辛《つら》いものはない。そして芥川はあの性格なので、先輩でも全く気にせず違反《いはん》を糾弾《きゅうだん》するだろう。まさに風紀委員にうってつけの人材である。『いいよカード』、何たる天佑《てんゆう》か。

だが。

「いいか芥川。風紀委員たるもの、まず自らが業務遂行《すいこう》の規範《きはん》とならねばならない。具体的には業務予定の遵守《じゅんしゅ》だ。出社したらまずは前日の書類整理、社内連絡《れんらく》。関係先に新たな事件がないかの定時伺《うかが》い。すべて分刻みで予定消化すること。最適な時間配分を考え、それを実行することこそが理想的な成績へと——」

「事務や書類仕事は好かぬ」

「いやお前」

「それより敵は何処《どこ》だ？　不得手な書類と戦うより、探偵社の敵を刻み捨てることこそ我が本領。敵はすべて刻み捨てる」

「いやだから、そういうのばかりが仕事では」

「書類も刻み捨てる」

「やめて！」

であるとか。

「いいか。今日は正しい業務遂行の手順を憶《おぼ》えて貰《もら》う。今回の依頼は、児童誘拐《ゆうかい》を専門とする誘拐組織の摘発《てきはつ》だ。そのため、犯行の目撃者《もくげきしゃ》、つまり被害《ひがい》に遭《あ》いそうになった子供に質問をすべく探偵社に招いた。だが、被害の記憶《きおく》も新しい十二歳の少年だ。質問の仕方にはくれぐれも気をつけろよ」

「おい小僧《こぞう》。目撃した犯人の外見を云え。思い出せねば四階から投げ落とす」

「えっ、あっえっえっ」

「脅《おど》すな阿呆《あほう》！　芥川お前、俺の話を聞いてたか？　苦情どころか訴訟《そしょう》が来るぞ」

「思い出せねば次は五階から落とす。それでも駄目なら次は六階から落とす。それでも駄目なら七階から」

「五階のあたりで死ぬわ！」

「そうか。ならば三階くらいで……」

「その譲歩《じょうほ》、意味あるか？」

「面倒《めんどう》だ。現状判明している限りの外見的特徴《とくちょう》から、犯人に一致《いっち》しそうな容疑者を片端《かたはし》から締《し》め上げる」

「計画《スケジュール》がどうこう以前に、お前には社会性を教えねばならんな……」

　であるとか。

　業務の手続きを無視する。雑務を軽視する。兎《と》に角破壊《かくはかい》に走ろうとする。被害者も依頼人も犯人も関係なく、一切合切《いっさいがっさい》を異能で締め上げ刻み投げようとする。それは経験や習慣がどうであるかというより、芥川という人間が生来伴《ともな》っている性格によるものであるらしかった。

　賢治と農業をしていた時はあれ程素直《ほどすなお》だったではないか、と指摘する国木田に、芥川は平然と答えた。曰《いわ》く、育った場所柄《ばしょがら》、食糧《しょくりょう》を生み出す行為《こうい》の尊さは身体《からだ》に染《し》みついている。だが書類では腹は膨《ふく》れぬ。昔何度か試《ため》したが膨れなかった。

風紀委員育成計画は、開始一週間にして早くも崩《くず》れつつあった。

「芥川？　おい芥川、何処だ！」

探偵社の事務所を、国木田が大股《おおまた》に歩いてきた。

「国木田さん、如何《どう》したンですか？」机で仕事をしていた谷崎が訊《たず》ねる。

「芥川が書類業務から逃《に》げた！　両手両足を手錠《てじょう》で繋《つな》いでいたのを、異能で切断して……」握《にぎ》りしめた国木田の拳《こぶし》が震《ふる》えている。「こうなれば後には引けぬ！　社長に上申《じょうしん》するしかない……芥川を風紀委員にするための監視《かんし》組織、『風紀委員としての芥川を監視する風紀委員』を開設するのだ！」

「永遠に終わらないループの予感がしますが……」谷崎が困った顔をした。「でも芥川さんなら、先刻《さっき》からそこにいますよ」

「何！　何処だ」

「そこです。ほら、すぐそこ」

谷崎は事務階層に設《しつら》えられた、依頼《いらい》人を通すための応接机を指差した。

そこには誰《だれ》も座っていない――否《いな》。

机の下に、芥川がいた。鋭《するど》い視線のまま、気配を消し、机の下の闇《やみ》と同化している。

「何……何してるんだお前？」国木田が首を傾《かし》げた。

「与謝野女医《せんせい》から隠《かく》れている」芥川が感情のない、平坦《へいたん》な表情で云《い》った。

「は？」

「何でも、与謝野女医《せんせい》が『いいよカード』押印のために出した条件が、『治癒《ちゆ》の異能を四十回受けること』だったそうで」谷崎が同情に満ちた顔で云った。「芥川さんは『治癒を受けるだけでいいなら何度でも構わぬ』と云って快諾《かいだく》したところ……与謝野さんがその、解体用の鉈《なた》と電鋸《でんのこ》で」

「ああ、判《わか》った。もういい」国木田が目を閉じて首を振った。「その後の流れも、大体理解した」

「僕《やつがれ》は四度《よたび》耐えた」闇の中で、鋭い芥川の目が輝《かがや》く。「だが、あれ以上は……。人には踏《ふ》み込んではならぬ領域が存在する。四十回もあれを喰らえば、生き乍《なが》らに人ならざる精神の深淵《しんえん》を突《つ》き抜けてしまう」

「芥川ですらあの人には耐えられなかったか……」国木田がため息をついた。「まあ俺でも逃げるが。とはいえ、業務は業務だ。俺との約束を忘れたか？　今週中に例の児童誘拐組織を摘発する計画のことだ。お前の自己流極《きわ》まる業務行動のせいで、予定が大幅《おおはば》に遅《おく》れている。このままでは今週の期限に間に合わんぞ。どういう――」

「犯人組織ならば隣室《りんしつ》だ」

「何？」

「既《すで》に捕《と》らえた」芥川は表情を変えずに云った。「営利目的の児童誘拐なら、利益を得る手段は大きく二つ。人身売買か、身代金《みのしろ》だ。前者は貧しい子供、後者は富める子供が商品となる。後者には縁《えん》がないが、前者なら僕《やつがれ》の領域。貧しい子供を攫《さら》って売る連中の手口は痛い程よく知っている。故にその線から追った。貧民街の知った顔を片端から締め上げ、最近仕事に参加した犯罪者を特定した。その男の案内で潜窟《アジト》へ突入《とつにゅう》し、全員を異能で拘束《こうそく》した。……裁きは法吏に任せるため、一応全員生かしてある。何人か逃亡《とうぼう》防止に足指を落としたが」

国木田は急いで示された先、隣室の応接室へと走った。扉《とびら》を開けると、そこには全身を縛《しば》られ猿轡《さるぐつわ》を噛《か》まされた男が五人、床《ゆか》に転がされていた。国木田に気づくと、全員が涙目《なみだめ》で悲鳴をあげた。

「……これは……」

犯人の人数、外見的特徴。すべてこの一週間で調査した情報と合致《がっち》する。

「全く……やはり奴《やつ》に風紀委員は務まらんな。計画通りに業務を行えと云っただろうが」国木田は苦笑《くしょう》して頭を掻《か》いた。「業務予定を一週間も縮める奴が何処にいる」

横浜租界の地下水路を、織田と芥川が疾走《しっそう》していた。

暗い暗渠《あんきょ》を、織田が駆《か》け抜《ぬ》ける。金網《かなあみ》を跳躍《ちょうやく》して越《こ》え、排水《はいすい》管を踏んでさらに二段跳躍。前転して着地の衝撃《しょうげき》を和《やわ》らげながら、風のように移動していく。

その後方から、布が襲《おそ》いかかった。

空間を裂《さ》く一条の布刃《ば》が織田の足下《あしもと》を破壊《はかい》した。織田は直前で跳躍し布を回避《かいひ》、天井《てんじょう》の排水管を摑《つか》んで振《ふ》り子のように全身を加速させた。さらに殺到《さっとう》した布の群れが排水管を小枝のようにへし折っていくが、その時にはもう織田は手を離《はな》し次の段差へと飛び移っている。

「待て――!」

後方から獣《けもの》の叫《さけ》び。

「待たない」

織田が息ひとつ切らさない平坦な声で云った。

後方から、追跡《ついせき》者である芥川の異能がほとばしる。すべての攻撃《こうげき》を織田は首を振って、体を傾《かたむ》けて、あるいは銃弾《じゅうだん》で軌《き》道《どう》を変えて回避した。まるで目に見えない障壁《しょうへき》でもあるかのように、攻撃が織田まで届かない。

「どうした。これは仇《かたき》が逃げた時のための訓練だぞ。本気を出せ」織田は疾走しながら云った。「お前の異能は強いが、身体勝負になった時にどうしても肉体自体の弱さが出る。その調子では乱歩さんの推理も、判子も、すべて無駄《むだ》に終わるぞ」

「は……はは!」後方から走る芥川が、息を切らしながら嗤《わら》った。「それでこそ我が師だ!だが……」

織田が驚《おどろ》いた顔で急停止した。

「……これは」

そこは石壁《いしかべ》で囲まれた行き止まりの部屋だった。

逃げ場もなければ、回避や防御《ぼうぎょ》に使うための障害物もない。

「租界の地下水路は僕《やつがれ》の庭だ。袋小路《ふくろこうじ》に逃げるよう、方向を誘導《ゆうどう》した。——ここで布による飽和攻撃《ほうわこうげき》を受ければ、さしもの貴方《あなた》といえど避《よ》ける術《すべ》はない」

織田は周囲を見回して頭を掻いた。

「いいだろう。お前の勝ちだ」それから芥川の足下を指差して云った。「ところで、足をどけてみろ」

「何？」

芥川が疑問顔で片足を持ち上げ、床を見た。

床には弾痕《だんこん》が刻まれていた。六発の弾痕が、ちょうど芥川が今まで踏んでいた靴《くつ》裏の形に刻まれている。

驚いた芥川が一歩退くと、もう片足の床にも同様に、靴裏の形に弾痕が刻まれていた。

「お前がこの部屋に入る直前、天井に向けて撃《う》った。それが跳弾《ちょうだん》して、そこに弾痕がついた訳だ。——もし俺が撃つ機《タイミング》を一瞬遅《いっしゅんおそ》くしていたら、どうなっていたと思う？」

「視界外より降る弾丸《だんがん》に、頭を貫《つらぬ》かれていた……」芥川が苦い顔で云った。

「その通り。とはいえ、逃亡者の進行方向を巧《たく》みに操《あやつ》る攻撃術は見事だった。報酬《ほうしゅう》に、俺の奢《おご》りで饂飩《うどん》を食べに行こう」

芥川はしばらく思案した後で訊ねた。

「饂飩……？　何故《なぜ》？」

「何となく食べたくなった以外の理由はない」織田は普通《ふつう》の表情で答えた。

芥川は目つきをさらに鋭くさせ、織田に云った。「報酬と云うなら、例の判子を頂きたい。残るは貴方と与謝野女医《せんせい》だけだ」

「与謝野さんの判子はどうする気だ？」

「問題ない。……明日の僕《やつがれ》が何か思いつく」芥川はそっと視線を逸《そ》らした。

「ふむ。判子を押す取引についてだが」と織田は云った。「丁度お前に頼《たの》みたい仕事があったことを思い出した。子供でもできる、ごく簡単な仕事だ」

芥川は頷《うなず》いて云った。「聞こう」

「明日から俺は、ちょっとした出張で三日街を離れる。その間、店の様子を見ていて貰《もら》いたい」

「店？」

「洋食店だ」と織田は云った。「探偵《たんてい》社に入る前からの付き合いの店だ。まずいことに、出張の日は丁度その店を手伝う約束があった。その代役をお前に頼みたい」

不審《ふしん》そうな顔をする芥川に、織田は云った。

「何、大して忙《いそが》しくもない店だ」織田は肩をすくめた。「子供と遊んでいればすぐ終わる」

「おのれ謀《たばか》ったな織田作之助……」

芥川の上に、五、六人の子供たちがかわるがわる飛び乗っていた。

「うえぇい！」「きゃー！」「すべり台ー！」

歓声《かんせい》あるいは喚声《かんせい》をあげながら、倒《たお》れた芥川の背中を滑《すべ》り降りていく。皆《みな》十歳に満たない児童ばかりだ。その周囲では、三歳前後の幼児たちが何人か、羨《うらや》ましそうに先輩《せんぱい》たちを眺《なが》めている。

「いやあ悪いねえお兄ちゃん」部屋の入口で、黄色い前掛《まえか》けをした洋食屋の店主が笑いながら云った。「織田ちゃんが出張でいなくなるから、皆寂《みんなさみ》しがってたとこだよ。でもこの様子なら大丈夫《だいじょうぶ》そうだね。じゃ、私は店があるから、後よろしく」

「待っ」助けを求めるべく開かれた口は、頭部にのしかかられた子供の尻《しり》によって強制的に閉じられた。

そこは洋食屋に隣接《りんせつ》した長屋の一室だった。

芥川は異能で自分の上に三角形の天幕を張って身を守りつつ、携帯電話《けいたいでんわ》を取り出して織田の番号を押した。

『ふむ、芥川か』通話口から、織田の平坦《へいたん》な声が聞こえた。『どうした』

「裏切り者め。どうした、ではない」芥川が押し殺した声で云《い》った。「何が『子供と遊んでいればすぐ終わる』だ。明らかにそちらが主目的だったな？　それも……何だこの人数は？　軍隊でも作る気か」

織田は探偵社員としての業務の傍《かたわ》ら、行くあてのない孤児《こじ》を引き取って養育していた。かつては洋食屋の二階を間借りしていたが、手狭《てぜま》になったため隣《となり》の長屋に全員引っ越すことになった。今では大所帯である。

『人数は確か十五人だ。軍隊を作る気は特にない』

「そういう意図の質問では……、否《いな》、まあいい」芥川は不機嫌《ふきげん》な顔で云った。「しかしこれ程の孤児、探偵社の俸禄《ほうろく》では養えぬ筈《はず》。……如何《どう》やって禄《ろく》を稼《かせ》いでいる？」

『それは秘密だ』通話口の向こうで小さく笑う気配があった。『俺が不在の三日間に代行してほしい任務一覧は店主に書面で渡《わた》してある。頼んだぞ芥川。最年長として、しっかり面倒《めんどう》を見てくれ』

「代行だと？　他《ほか》にもまだ何か——」文句を云いかけた芥川が、ふと気づいた顔をした。「待て。……最年長？　それは僕《やつがれ》のことか？　では川べりで僕《やつがれ》を保護したのは、そういう扱《あつか》いなのか？」

『ではよろしく頼む』

「待て貴様――」

芥川の叫びも空《むな》しく、電話は切れた。

かくして地獄《じごく》の三日間がはじまった。

一日目。

芥川に課せられた任務は「遊具」だった。

雲梯《うんてい》、巻き滑車《かっしゃ》、鞦韆《ブランコ》。滑り台にトランポリン。さらには見たこともない何か。幼児の夢、こうあればいいなという遊び道具の数々が、形を変える外套《がいとう》によって生み出される。当然のことながら幼児たちは狂喜乱舞《きょうきらんぶ》し、芥川が異能で作りだした遊具にしがみつき、ぶら下がり、上で跳《は》ね回った。

「うおおーすげえー！」布を胴《どう》に巻かれ、天井から吊《つ》り下げられた子供が嬉《うれ》しそうに叫んだ。

「もういっかい！　もういっかいやって！」布で弾《はず》みをつけて空高く跳ね上げられた子供が、地上に戻《もど》ってから芥川を揺《ゆ》すっていた。

「きゃはははは、はやいはやいー！」龍《りゅう》のように空を地を高速で舞《ま》う布にしがみついて、子供たちが甲高《かんだか》い声で笑った。

朝九時に開始し、昼食を挟《はさ》んで三時で一旦休憩《いったんきゅうけい》。幼い子たちの昼寝《ひるね》を挟んで夕食まで再開。幼児特有の永久運動機関を搭載《とうさい》した子供たち十数名に対し、芥川はたった一人。

皆が揃《そろ》って夕食を食べる頃《ころ》、芥川は死体のように床《ゆか》に転がっていた。

「いっそ……殺せ……」指先ひとつ動かす気力もなく、瀕死《ひんし》の病人のような浅い息をつきながら、重力に抵抗《ていこう》する力を失った芥川が床と同化していた。

「お兄ちゃん、お疲《つか》れさま。夕食どうだい？」店主が倒れた芥川に訊《たず》ねた。

「要《い》らぬ」芥川が魂《たましい》の抜《ぬ》けた顔で答えた。「今飯を喰《く》うと、嚥下《えんげ》障害を、起こして、死ぬ」


二日目。

孤児の一人が、学舎にて授業参観があるため、親の代理として参加。

古い飴色《あめいろ》の木床。壁《かべ》一面に貼《は》られたひらがな習字の群れ。運動場から響《ひび》く体育教師の号令の声。白い塗料《とりょう》を塗《ぬ》ったばかりの校舎の壁。

そして、教室の後ろに立った保護者たち。

保護者たちは、誰《だれ》もが落ち着かない様子で立っていた。半分は我が子が授業で問題を起こさないか心配するため。そしてもう半分は――。

「隣の人……どの子の親？」「ものすごい先生を睨《にら》んでるわ」「大丈夫？　眼力が完全に殺し屋だけど……」

無表情で立つ芥川の両側で、保護者たちが不安そうに囁《ささや》いていた。

だが当の芥川は一向に気にした様子はない。直立不動で、特に何かを意図するでもなく授業を眺めているだけだ。

「はいそれじゃあ、この漢字が読める人」

教師が黒板に書かれた家という字を指し示しながら、生徒たちに訊ねた。だが誰も手を挙げない。教師が困った顔で首を傾《かし》げた。「誰かいないの？」

芥川の視線の先――織田が養う少女の一人が、もじもじと周囲を見回していた。手を挙げるべきか迷っている。誰も手を挙げない中、一人で答えるには気が引けるのだろう。

芥川が小さく舌打ちをした。

その直後、少女の手が突然《とつぜん》、上方へと上がりはじめた。

驚《おどろ》いて少女は自分の手を見るが、上昇《じょうしょう》は止まらない。手首に灰色の布がからみついている。

「あら、咲楽《さくら》ちゃん。じゃあ答えてくれる？」

「あ……えと、あの……はい、その……『いえ』、です……」

「はい、よくできました」

保護者たちから感心した声が漏《も》れる。

少女が答えると同時に、手首を拘束《こうそく》していた布がするりと解かれ、床をすべって芥川の外套へと戻っていった。

芥川は涼《すず》しい表情をしていた。

三日目。

最年長の少年からのたっての願いで、戦闘《せんとう》訓練を兼《か》ねた組み稽古《げいこ》。

「織田の兄ちゃんみたいにさ、俺は絶対にさ、すごく強くなるんだ。強くなって、いつか同じように探偵社に入るんだ。絶対に！」

幸介《こうすけ》という名の十四歳の少年は、龍頭抗争《りゅうずこうそう》と呼ばれる昔の黒社会抗争で孤児になり、織田に拾われた。今では子供たちをまとめる兄貴分のような存在だ。洋食屋を手伝いながら、野望に向けて資金を貯《た》めている最中だという。

「銃《じゅう》も買ったんだ。ホンモノだぜ」

洋食屋のカウンター越《ご》しに、幸介は拳銃《けんじゅう》を見せた。織田が使っているのと同系統の9ミリ拳銃だ。

「自分で購《か》ったのか」

「うん」

港湾《こうわん》地帯には非合法の密輸業者が大勢おり、金さえ積めば何でも購入《こうにゅう》できる。食い詰《つ》めた犯罪者なら、子供相手に実弾銃《じつだんじゅう》を売る者も多いだろう。

芥川は無感動に拳銃を見下ろし、「ふん」と云った。

「ならば望み通り、稽古をつけてやろう」

幸介が上下逆になって金網《かなあみ》に叩《たた》きつけられた。

金網が歪《ゆが》み、地面に転がり落ちた少年が苦鳴を漏らす。

「如何《どう》した。軽く撫《な》でたに過ぎぬぞ」

「くそ……！」幸介が震《ふる》える膝《ひざ》を摑《つか》んで立ち上がった。

芥川から布が射出される。駆《か》け出そうとした幸介の頸《くび》を布が摑んで地面に叩きつける。肺から空気を残らず絞《しぼ》り出された幸介が、声にならない悲鳴をあげる。

二人は洋食屋からほど近い空き地で、戦闘訓練を行っていた。

「僕《やつがれ》に勝てぬようでは、織田先輩《せんぱい》の足を引っ張るだけだ。……死んで弟たちに葬式《そうしき》代を負担させるのが目的ならば、それでも構わぬが」

「こ、の……」幸介はふらつきながら立ち上がる。その目にはまだ意志の炎《ほのお》が宿っている。

「まだ心が折れぬか。善いだろう、一発攻撃《こうげき》させてやる。それで僕《やつがれ》を仕留められねば、こちらの世界の羅刹《らせつ》とはとても渡り合えぬと知れ」

「やって、やるよ……うりゃあああああっ！」

幸介が突進《とっしん》する。防御《ぼうぎょ》を捨てた玉砕《ぎょくさい》攻撃《こうげき》——と見せて、芥川に激突《げきとつ》する寸前に軌道《きどう》が変化。側面に転がり、地面すれすれから全身の筋肉を使って蹴《け》り上げる上段蹴りが放たれる。

芥川の顎《あご》の裏、脳を揺らす強烈《きょうれつ》な蹴りが、正確にたたき込まれる——だが、芥川に突《つ》き刺《さ》さるはずだった踵《かかと》は、顎の皮膚《ひふ》をほんの少し押しただけで止まった。それ以上前に進まない。

「空間断絶」

芥川が無表情で云《い》った。

反撃《はんげき》に放たれた、布でできた巨大《きょだい》な拳《こぶし》が、幸介の胴体《どうたい》を捉《とら》えた。車に衝突《しょうとつ》されたかのような衝撃《しょうげき》に幸介は水平に吹《ふ》き飛び、地面を転がって跳ねる。

「僕《やつがれ》は弱者が嫌《きら》いだ。弱者は夢を追えぬ。弱者は願いを纏《まと》えぬ。弱者である貴様は織田先輩の後を継《つ》げず、それどころか何者にもなれず、一生を終えるのだ」

泥《どろ》だらけ傷だらけで地面に転がる幸介は、食い縛《しば》った歯の奥で唸《うな》った。

「違《ちが》う！　違う違う違う！　なるんだ、俺は……兄ちゃんみたいに！」

芥川の外套が動き、一挺《いっちょう》の拳銃を取り出した。先程《さきほど》幸介が洋食屋で自慢《じまん》げに見せた、9ミリ拳銃だ。隙《すき》をついて密《ひそ》かに奪《うば》っていたのだ。

「それは……」銃を奪われた事に気づき、幸介が青ざめる。

「そして僕《やつがれ》は、銃も嫌いだ。己《おのれ》の分《ぶ》も弁《わきま》えず、銃によって調子づき、増長する人間がな。だが真実はこうだ」

芥川は拳銃を手に取り、己のこめかみに突きつけた。そして全弾《だん》を発射。

「なっ――――！」

芥川の耳の上で、銃火《じゅうか》が弾《はじ》ける。だがすべての弾丸《だんがん》は、皮膚の上で見えない障壁《しょうへき》に阻《はば》まれ、ころりと地面に落ちた。

「銃弾などこちら側では何の力も持たぬ」芥川は表情を変えずに云った。「にも拘《かか》わらず、銃によって——銃の暴力性に調子づき増長する連中によって、貧民街の仲間たちは殺された。故《ゆえ》に僕《やつがれ》は銃を嫌悪《けんお》する」

芥川は拳銃を放《ほう》り投げた。

同時に布刃《ぬの》が音の速さで閃《ひらめ》き、空中の拳銃を幾《いく》つもの金属片《へん》に寸断した。

黒い金属片は、唖然《あぜん》とする幸介の目の前に、無残に散らばった。

「幸介。弱者に己の身の振《ふ》りを決める権利はない。それでもなお、銃を持って僕《やつがれ》の前に立つならば——次は本気で殺す」

声もなく震える幸介に背を向け、芥川は歩き去った。

空き地が見えなくなるまで歩き、角を曲がると、そこに織田が立っていた。

「面倒《めんどう》をかけたな」織田が静かに云った。

「二度とやらぬ」芥川は不機嫌《ふきげん》な顔で云った。「子供の希望を打ち砕《くだ》きたくば自分でやれ。貴方《あなた》ほどの実力ならば造作もないだろう」

「俺が幾ら強さを見せても、幸介は憧《あこが》れを強めるばかりでな」織田は困ったように頰《ほお》を掻《か》いた。

「汚《よご》れ役を任せて悪かった」

織田による任務の最終項目《こうもく》は、『こちらの世界に入ろうと望む幸介を諦《あきら》めさせること』だった。

「洋食屋であの小僧《こぞう》が拵《こしら》えた飯だが、大した腕前《うでまえ》だった」芥川は織田と視線を合わせずに云った。「切った張ったの荒事《あらごと》より、料理人のほうが余程向いている」

「そうか。幸介は荒事には向かないか？」

「然《しか》り。奴《やつ》は弟たちを守る為《ため》なら喜んで命を捨てる。そのような輩《やから》はこの世界では早晩棺《ひつぎ》で眠《ねむ》ることになる。生き残るのは、目的の為に怒《いか》りを捨て、合理的に立ち回る者のみ」

そう云って芥川は再び歩き出した。

「その通りだ」織田は立ち去る芥川を見ながら云った。「人間の一番中心にあるのは感情だ。だが世界の中心にあるのは感情ではない。世界の中心には何もない。……だから感情を追うな、芥川。己という獣《けもの》を追うな。己の両足で立ち、何者にもしがみつかず、つとめて冷静でタフであれ。でなければ生き残れない」

その台詞《せりふ》を聞いて、芥川の足がぴたりと止まった。

「……真逆《まさか》」芥川が半分だけ振り返り織田を睨んだ。「僕《やつがれ》に今の台詞を……『生き残るのは怒りを捨て、合理的に立ち回る者のみ』という台詞を、自ら云わせる為に……この茶番を仕組んだのか？『黒衣の男』への復讐《ふくしゅう》を前にして、僕《やつがれ》の暴走を律する為に？」

「いいや。俺はそこまで頭の回る人間じゃない」織田は肩《かた》をすくめた。

芥川は少しの間黙《だま》って織田を睨《にら》んでいたが、やがて吐《は》き捨てるように云った。「僕《やつがれ》はあの小僧とは違う」

「そう期待している」

芥川は反論しようと口を開いた。だが何も云えなかった。言葉は織田の乾《かわ》いた瞳《ひとみ》に吸い込まれて、どこかに消えてしまった。

芥川は言葉を諦め、背を向けて歩き出した。

＃2

探偵社《たんていしゃ》が入った雑居ビルの一階には、個人経営の喫茶店《きっさてん》が営業している。

店名は『うずまき』。古風な内装の喫茶店で、机も椅子《いす》も壁《かべ》もすべて、時代を吸い込んで変色している。店内には珈琲《コーヒー》の匂《にお》いが満ち、古いジャズ音楽が流れている。

店内のカウンター席で、芥川が焙《ほう》じ茶を片手に書類を睨みつけていた。

どれだけ睨んでも書類は怯《ひる》まない。それは探偵社の業務報告書だった。いよいよ避《さ》けられなくなった書類作成が、抜《ぬ》き差しならない敵となって芥川の前に立ちはだかったのだ。勝負は劣勢《れっせい》だった。芥川は汗《あせ》を流しながら、書類作成という強敵にいいように殴《なぐ》られてふらふらになっていた。

他《ほか》に客はいなかった。店主が食器棚《だな》の前で珈琲杯《カップ》を布拭《ぶ》きしていた。

外は雨だった。

喫茶店、屋外の雨、ジャズ、珈琲の香《かお》り。そこには時間の流れを遅《おそ》くするために必要な小道具の上位四つがすべて揃《そろ》っていた。

静寂《せいじゃく》に耐《た》えかねたように、芥川が携帯電話《けいたいでんわ》を取った。

「僕《やつがれ》だ。報告書作成の件だが、今年一年免除《めんじょ》と云《い》う訳にはいかぬか」

『いかぬに決まっているだろう阿呆《あほう》』

通話口の向こうから神経質な国木田の声がした。

芥川は不機嫌な顔で云った。「こう考えよ。僕《やつがれ》の書類仕事を一年休耕させることで、兇悪《きょうあく》犯罪者・依頼《いらい》人への敵対者の収穫《しゅうかく》量を二倍に出来ると」

『お前最近何でも農業で喩《たと》えるな……』

そのとき、入口のドアベルが鳴った。

すべての運命を変える音だった。

ドアを開いて入って来たのは、ひとりの少年だった。黒い外套《がいとう》が雨粒《あまつぶ》に濡《ぬ》れている。ほとんど白に近い髪《かみ》が、水滴《すいてき》を宿して鈍《にぶ》く輝《かがや》いている。表情は柔《やわ》らかく、世界に対する謝罪で満ちている。だが、その佇まいは——無そのものだった。その少年には気配というものがなかった。民家の壁にとまった蜘蛛《くも》でも、彼よりは気配を漂《ただよ》わせる。

少年は入口で外套を脱《ぬ》いでから軽く水を払《はら》うと、するすると音もなく歩いて、芥川とは反対側のカウンター席に座った。忍《しの》び足の猫《ねこ》よりも跫音《あしおと》を立てない、静かな歩き方だ。

芥川は顔を向けず、視線だけでその行動の一部始終を追っていた。

「……強い」小さな声で芥川が呟《つぶや》いた。

『何だと？』電話の向こうで国木田が云った。

芥川はそれには答えず、携帯電話を切った。

黒外套の少年は店長に「珈琲を」と告げて、黙った。そしてそれきり、彫像《ちょうぞう》のようにぴくりとも動かなくなった。

それから不意に芥川のほうを向いて云った。「すみません。さっき電話の声が聞こえてしまったんですが……探偵社と仰《おっしゃ》いました？」

芥川は鋭《するど》い視線で相手の全身を観察し、それから云った。「然《しか》り。僕《やつがれ》は探偵社員だ」

「そうですか」少年は笑顔《えがお》になった。「実は首領《ボス》の命令で、武装探偵社の社長さんに手紙を届けに来たんですけど、迷ってしまって……おまけに雨に降られて、ここに雨宿りに」

芥川は表情を変えずに云った。「探偵社ならこの建物の四階だ」

「そうですか」少年の表情が明るくなった。「善《よ》かった」

その時、少年の机に珈琲が置かれた。少年は軽く香りを嗅《か》いだ後、備え付けの角砂糖を杯《カップ》に入れた。ひとつ、ふたつ、みっつ。

芥川はその砂糖の数を、視線だけを向けて観察していた。

それから芥川の視線に気づき、言い訳めいた微笑《びしょう》を浮《う》かべた。「これですか？　その……角砂糖みっつは多いと同僚《どうりょう》にいつも云われるんですが、どうしても止《や》められなくて。砂糖が凄《すご》く貴重な場所で育ったものですから、今でもつい入れすぎてしまうんです」

芥川は静かに少年の姿を見ていたが、不意に口を開いた。「孤児院《こじいん》か」

少年は驚《おどろ》いたようだった。「どうして判《わか》るんです？」

「独特の気配がある。他人の挙動に対する過剰《かじょう》な集中力、疎外《そがい》されていることを前提とした距《きょ》離《り》の取り方……僕《やつがれ》の育った環境《かんきょう》も似たようなものだ。孤児院から逃《に》げ出してきた者は頻繁《ひんぱん》に見た」

「そうですか」少年は悲しげに微笑んだ。過去を引きずった者の笑みだ。「僕に逃げ出す勇気はなかった。ずっと長いこと……今だって、砂糖は好きなだけ食べられると判っていても、体が勝手に……きっと一生このままです」

芥川はしばらく黙って少年の様子を見ていた。

だがふと、自分の持っていた湯《ゆ》呑《の》みを掲《かか》げ、何気ない調子で云った。

「僕《やつがれ》のこの焙じ茶。……四個入っている」

少年は目を見開いた。「角砂糖を？　……お茶に？　四個も？」

「ああ」芥川は無表情で茶を啜《すす》った。「貴君と同じ。砂糖が稀少《きしょう》だった頃《ころ》の名残《なごり》だ」

少年はしばらくぽかんと芥川を見ていたが、急にこらえきれなくなって吹《ふ》き出した。

「ふっ……あはは」少年が笑うと、年齢《ねんれい》が一気に幼く見えた。「じゃあ、あれは判りますか？　鉛筆《えんぴつ》とノートの争奪《そうだつ》戦」

「無論だ。常人には理解されぬが……鉛筆とノートは、肉や砂糖よりも競争率が高かった。紙に字句を記す時だけは、世界で最も自由な人間でいられたからな。奪《うば》い合いだ。文字の書けぬ童《わっぱ》まで、訳も判らず欲しがったものだ。……では、チョコレェトバーは判るか？」

「勿論《もちろん》です。貨幣《かへい》ですね？　比較的《ひかくてき》数は多いものの、皆《みな》が欲しがって、価値が一定している。だから自然と貨幣として使われるようになった。馬鈴薯《ばれいしょ》の種は五チョコレェトバー。一日字を教えて貰《もら》うための報酬《ほうしゅう》は三チョコレェトバー」

「用心棒や喧嘩《けんか》の援軍《えんぐん》で、三百まで蓄《たくわ》えたことがある」

「三百も⁉」少年が驚いた顔をした。「大富豪《だいふごう》じゃないですか！」

「暫《しば》くチョコレェトばかり食していたら、栄養失調で倒《たお》れた」

「あははは！」少年が愉快《ゆかい》そうに笑った。

　それから数分、二人は他愛《たあい》もない話をした。同僚の誰《だれ》に話しても理解されない、共感など望みようもない、小さく重い経験の共有をした。お互《たが》い滅多《めった》に他人に見せることのない、少年の表情を見せていた。

「こんな話をしたのは初めてです」少年は笑顔で云った。「どうやら手紙は貴方《あなた》に届けて頂いたほうがよさそうだ。探偵社のお兄さんのお名前は？」

「芥川だ」

「僕は敦。中島敦です。この手紙を社長にお渡《わた》し下さい」

　敦と名乗った少年が懐《ふところ》から手紙を取り出した。

黒い封筒《ふうとう》だった。宛名《あてな》も差出人も書かれていない。封筒紙は最高級品で、振《ふ》っても何の音もしない。

「差出人の名は？」

「中を読めば判る、と言伝《ことづて》を受けています」

芥川は封筒を観察しながら云った。「危険物の気配はない。だが業務柄《がら》、慎重《しんちょう》さが友人となることはあれど敵になることはない。近頃《ちかごろ》は紙の形状をした反応化学爆弾《ばくだん》もあると聞く」

「開けて確かめて頂いて構いません。封はしてありませんから」

芥川は小さく頷《うなず》き、封筒を逆さに振って中身を取り出した。中には二枚の紙片《しへん》が入っていた。

そのうち一枚を見た瞬間《しゅんかん》、芥川が切り替わった。

「……貴様」

芥川の声は低く、静かで、氷のように冷え切っていた。

「これは、何の、冗談《じょうだん》だ？」

それは写真だった。ひとりの女性が写っている。黒い背広姿で、撮影機《さつえい》のほうを向き、無表情で立っている。その目には撮影者に対する何の感情も浮かんでいない。

「どうかしましたか？」敦が訊《たず》ねた。

「この写真……貴様はこれが誰か知っているのか？」

「銀さんですね」敦は覗《のぞ》き込んで云った。「でも、何故首領《なぜボス》はそんなものを……？」

「くく……くく、くくく」

芥川が喉《のど》の奥で笑った。

「実に愉快な挑発《ちょうはつ》だ。若《も》し僕《やつがれ》が中身を見ずに封筒を社長に渡せば、僕《やつがれ》は今世紀随一《ずいいち》の道化《どうけ》になっていたという訳か」芥川は銀の写真を振りながら云った。

「彼女を……知っているのですか？」

表情を硬《かた》くした敦をじっと見た後、芥川は云った。

「銀は今何処《どこ》にいる？」言葉と同時に、芥川の全身から殺気が噴出《ふんしゅつ》した。「吐《は》け。吐かねば殺す」

敦は動じた風もなく芥川を観察し、そして云った。

「彼女の居場所なら、知っています」敦の声はどこまでも平静だった。「でも云えません」

芥川の怒気《どき》が膨《ふく》れあがった。

「吐け。四年半の間、僕《やつがれ》は銀を捜《さが》し続けた。今更諦《いまさらあきら》める訳にはいかぬ」

「そうですか。四年半も」敦の声から、急激に感情が遠のいていった。そして完全な無が訪《おとず》れた。「では……」

風を切る音。

芥川がのけぞって後退した。その喉元《のどもと》に朱線《しゅせん》が走り、たちまち一筋の血となって首筋を流れ落ちる。

「な――」

　何かが芥川の首筋を切断したのだ。敦が動いたその直後に。だが芥川には、どう攻撃《こうげき》され、何が首筋の皮を切断したのかすら見えなかった。反応が一瞬《いっしゅん》でも遅《おく》れていたら、頸動脈《けいどうみゃく》が引き裂《さ》かれて天井《てんじょう》に血の模様が咲《さ》いていただろう。

「今の、攻撃は……」芥川は喉の傷口を押さえて云った。

　敦は元の場所に立っている。腰《こし》を低く構え、肩《かた》を斜《なな》めに向けて。その手には刃物《はもの》や武具の類《たぐい》は握《にぎ》られていない。

　だが、その爪《つめ》からかすかに血が滴《したた》っているのを見て、芥川は唐突《とうとつ》に理解した。――爪だ。姿が霞《かす》むほどの高速で接近し、首筋を掻《か》き切ってから元の位置に戻《もど》ったのだ。

「僕の組織には掟《おきて》がある」敦は攻撃前と同じ、感情を無限に薄《うす》めた声で云った。「それは、銀さんの居場所を捜す人間を見れば、それが誰であろうと即座《そくざ》に消去しなくてはならないという掟だ。何故なら彼女は、二十四時間常に首領《ボス》の傍《そば》に控《ひか》える秘書役だから。彼女を狙《ねら》うことは、首領《ボス》の命を脅《おびや》かすに等しいから」

「そうか」

　芥川の外套《がいとう》が波打ちはじめた。意志と怒《いか》りを持った独自の生命のように蠢《うごめ》き、芥川の周囲に広がりはじめる。

「随分《ずいぶん》と臆病《おくびょう》な首領《ボス》だ。だが関係ない。居場所を吐け。銀は――僕《やつがれ》の妹だ」

「嘘《うそ》だ」敦は即座に云《い》った。「彼女に家族はいない」

「その誤解について、膝《ひざ》を突《つ》き合わせて語る気はない」

芥川の外套が槍《やり》となって飛翔《ひしょう》した。

狭《せま》い室内で、死闘《しとう》が開始された。

弾丸《だんがん》の速度で襲《おそ》い来る布刃《ば》を、敦は首を振る最小限の動作で回避《かいひ》した。さらに追撃《ついげき》で来る布刃も、上半身の動作だけで躱《かわ》していく。空を裂いた布刃が奥の壁《かべ》に突き刺《さ》さり、幾《いく》つもの穿孔《せんこう》痕《こん》を残していった。

伸《の》びきった布が戻ってきて、後方から敦を襲う。敦は後方も見ず、ほとんど床《ゆか》に全身がつくほど体を寝《ね》かせて刃《やいば》を回避。さらに全身をバネのようにたわませ、両手足で床を叩《たた》いて垂直上昇《じょうしょう》する。

上下逆に天井に着地した敦は、さらに天井を蹴《け》って再跳躍《ちょうやく》。斜めに降る一振《ひとふ》りの刃となって芥川を急襲《きゅうしゅう》する。

襲撃《しゅうげき》を予測していた芥川は、残った布を斜めの楯《たて》として掲《かか》げ、敦の突進《とっしん》を受けた。稲光《いなびかり》の速度で落下する敦の手刀が布の表面で火花を散らす。布を引き裂きながら床に激突《げきとつ》した敦の一撃《いちげき》が、床に放射状の亀裂《きれつ》を走らせた。

店全体を轟音《ごうおん》が揺《ゆ》らす。

「今の一撃が防がれるなんて」着地した敦が云って、素早《すばや》く後退した。「こんな凄腕《すごうで》の異能者が、今まで情報網《じょうほうもう》に引っかかりもしなかったなんて……」

敦は壁を素早く蹴って芥川の後方に回り込むと、入口のドアを開いた。

「武装探偵《たんてい》社……想像以上の組織だ。敵の拠点《きょてん》の真下でこれ以上戦うのは、得策じゃなさそうだ。先に首領《ボス》に報告しないと。それに、銀さんの写真があった理由も……僕は知らなくては」

「……待て……」

芥川は云ったが、体は動かなかった。

敦はドアを音もなく潜《くぐ》って姿を消した。

芥川は後を追おうと足を踏《ふ》み出したが、それ以上続かなかった。

脇腹《わきばら》から、おびただしい量の出血をしていた。布の防御《ぼうぎょ》を貫通《かんつう》した爪の一撃が、芥川の脇腹を抉《えぐ》ったのだ。

芥川は歩き出そうとしたが叶《かな》わず、前のめりに倒《たお》れた。破砕《はさい》された床の上に全身を強く打つ。

意識が消滅《しょうめつ》する直前、眼前に落ちた写真の中の妹と目が合った。

「……銀……」

絞《しぼ》り出すように呟《つぶや》き、芥川は気を失った。

誰《だれ》かが云った。

「己《おのれ》の意志で暴力を振《ふ》るうなら、どんな残虐《ざんぎゃく》も人間らしさの一側面だ。だが環境《かんきょう》の関数として、痙攣《けいれん》的に他者を傷つけるなら……それは単なる、知性なき害獣《がいじゅう》だ」

黒い夜。たゆたう闇《やみ》。

地獄《じごく》の炎《ほのお》が轟々《ごうごう》と燃えさかり、罪人を焼き尽《つ》くしていく。

「復讐《ふくしゅう》だって？　そのためなら死んでもいいだって？　君が死んだ後——遺《のこ》された妹さんがこの街でどんな目に遭《あ》うか、想像すらできていないのか？」

何かが己の喉《のど》を焼いていた。

喉を焼くのは絶叫《ぜっきょう》であり、慟哭《どうこく》であり、咆えて叫《さけ》んでもなお消えぬ炎——後悔《こうかい》であった。

憎《にく》かった。憎かった。憎かったのだ。敵がではなく、この世界そのものが。

だがその憎しみに突き動かされ敵を殺した結果——妹を失うことになった。

何故《なぜ》そうなってしまったのか。

誰が妹を失わせたのか。

「自分の弱さの本質が何なのか判《わか》ったら、また私に挑《いど》みに来るといい。それまで君の妹は預かっておこう」

判らぬ。判らぬ。僕《やつがれ》には判らぬ。

絶望すら超《こ》えて己を焼く憤怒《ふんぬ》が——神を信じぬが故《ゆえ》に神を恨《うら》むことすらできぬ己の怒りが、

どこへ向かうべきなのか。

「己という獣《けもの》を追うな」

別の誰かの声が云った。

判らない。

判らないのならば、行動するしかない。

妹を取り戻《もど》せば。己の憤怒から生まれた過《あやま》ちを取り返せば、きっとその機会が与《あた》えられる筈《はず》。

清算の機会が。

感情を持ってしまったという過失を、清算する機会が——。

目を醒《さ》ましたのは探偵社の医務室だった。

芥川は反射的に脇腹の傷に触《ふ》れた。ない。傷は痕《あと》ひとつ残さず、完全に治癒《ちゆ》している。

その後芥川が視線を室内へ向けると、鉈《なた》の手入れをしていた女医の与謝野と目が合った。

「お目覚めかい」与謝野は鉈を置くと、ひらひらと指をひらめかせて云った。「アンタが気絶してる間に、妾《アタシ》は随分《ずいぶん》楽しんじまったよ」

そう云ってどこからともなく紙片《しへん》を取り出した。

その紙片――『いいよカード』には、すべての升目《ますめ》に判子が押されてあった。与謝野、織田、国木田、谷崎、賢治、社長――これで全員の判子が揃《そろ》った。

芥川がその紙片を手に取っている間に、与謝野はドアへと歩き出していた。

「ついてきな」スカアトの端《はし》をひらひらさせて歩きながら、与謝野は云った。「アンタに見せたいモンがある」


探偵社の会議室には、探偵社員たちが座っていた。国木田、谷崎、賢治。席のひとつに与謝野が腰掛《こしか》けた。それと同時に、国木田が云った。

「この映像を見ろ」

壁面《へきめん》の映写幕に、動画が映し出された。

それは洋上に浮《う》かぶ、どこかの小型船の甲板《かんぱん》だった。小さな卓《たく》に向かい合うように、二人の人物が向き合って座っている。和服を着た禿頭《とくとう》の壮年《そうねん》と、黒外套《がいとう》を着た長身の男。中央には緊《きん》張《ちょう》した姿で両者の間に立つ、背広を着た丸眼鏡の青年がいた。

「これは四年前に起きたある事件で、ふたつの組織の長《おさ》が開いた秘密会合の映像だ」国木田は画面を見ながら云った。「一方の組織は内務省異能特務課の長、種田《たねだ》長官。もうひとつは非合法組織ポートマフィアの首領《ボス》、太宰治だ」

「ポートマフィアの……これが」

芥川が茫然《ぼうぜん》と云《い》った。

ポートマフィアは横浜でも最も苛烈《かれつ》かつ強力と称《しょう》される非合法組織だ。だがその首領《ボス》は居場所はおろか、名前や外見すら知られていない。

「これは万一に備え、異能特務課が秘密裏《ひみつり》に超《ちょう》望遠で撮影《さつえい》したものだ。マフィアの秘密会談など、特務課の腕利《うでき》きエージェントでもなければ絶対に撮影不可能だろう。政府の極秘《ごくひ》資料として保管されていたものを、乱歩さんが探《さぐ》り出した」

芥川は室内を見渡《みわた》して云った。「乱歩さんは何処《いずこ》に?」

「別の業務で不在だ。この映像をお前に見せるよう、俺に云い残された」

「芥川さん。実はこの映像を手に入れたのは、織田さんなンだ」席に座る谷崎が云った。「乱歩さんの『超推理《ちょうすいり》』と、織田さんのあの最強の異能——近未来予知の『天衣無縫《てんいむほう》』を以《もっ》てしても、秘密施設潜入《しせつせんにゅう》から奪還《だっかん》に三日もかかった。それだけ危険な任務で……入手の難しい情報なンだよ」

芥川は思い出していた。己が孤児《こじ》たちの面倒《めんどう》を見ることになったのは、織田に三日の出張が入ったからだという話を。

「この映像、ここを見ろ」国木田が映写幕の中心近くを指差した。「何だか判るか?」

芥川は目を細めて映像を眺《なが》めた後、疑問顔で云った。「何の変哲《へんてつ》もない、洋酒の杯《グラス》に見えるが」

「これは運命の杯だ。お前にとってのな」

「何だと？」

国木田は前に向き直って、両手を組んだ。

「指向性光束波盗聴《とうちょう》を知っているか？　環境にある物体に光束波《レーザー》を当て、その反射波を解析《かいせき》することで、物体の振動《しんどう》、つまり周囲の音を拾う技術だ。その光束波をこの杯に当てることで、このエージェントは会合の内容を、超遠距離《ちょうえんきょり》から録音することに成功した」

国木田が手元の再生機を操作すると、画面に同期して音声が流れはじめた。

『――うちの報告書を待っとる内務省の官僚《かんりょう》共にもひとつ、手土産《てみやげ》を持って帰ってやりましょうかな。お宅の首級《くび》など持ち帰ったら喜ばれるやろなあ』

向き合った二人の片方、和装の壮年が口を動かすのに合わせて、音声が流れた。特務課の種田長官の声だ。

もう一方――黒外套を纏《まと》った長身の青年が、小さく微笑《ほほえ》んだ。

『とんでもない。私程度の首級《くび》なんて、持ち帰っても臭《にお》うばかりで誰にも喜ばれませんよ。偉《い》大《だい》な先代である森さんに較《くら》べれば、こんな新任の首領《ボス》ごとき』

『そうかね。ウチの情報網《じょうほうもう》では、アンタは先代の首領《ボス》である森君を暗殺して、今の椅子《いす》を得た、と聞いとるがな』

『おやおや。それは困った情報網だ』

お互《たが》いの表情は本心を読ませない、仮面の笑顔《えがお》。

その音声を聞いていた芥川が、突然《とつぜん》強く机を叩《たた》いた。

「……奴《やつ》だ」芥川の声は溶岩《ようがん》の熱量を伴《ともな》っていた。「忘れる筈があるものか。あの日聞いた奴の声、『黒衣の男』の声だ。こちらの……黒外套の男。背格好も一致《いっち》する」

それを聞いて国木田が眉《まゆ》を寄せ、小さいが重い息をついた。

「やはりそうか」

「この男は何処にいる？」芥川は映写幕に詰《つ》め寄った。「乱歩さんは居場所の見当もついている、と云った。教えよ。この男は——太宰は何処にいる」

「その前に聞け」

「答えよ！」

壁《かべ》を叩いて芥川が怒号《どごう》を発した。室内がびりびりと振動した。

だが国木田は怯《ひる》むことなく、静かな声で云った。

「聞け。奴がいる場所は判っている。だが近づくのは不可能だ。奴がいるのは、ポートマフィア本部ビル最上階。この横浜で最も侵入《しんにゅう》が困難とされる鉄壁《てっぺき》の要塞《ようさい》、その最深部だ。ポートマフィアを憎《にく》む膨大《ぼうだい》な数の敵組織、その誰《だれ》も、この建物を登りきることはできなかった。軍の一個小隊にも、最新鋭《さいしんえい》の戦車や重武装ヘリにも、訓練された戦闘《せんとう》異能者にも、誰にもだ。その意味が判《わか》るか？　行けば死ぬ、ということだ。だから今は」

「関係ない」芥川は強い口調で切り捨てた。「一階の喫茶《きっさ》店《てん》で、ポートマフィアの異能者と戦闘になった。奴は妹の写真を所持し、妹は首領《ボス》の秘書だと云った」

「ああ」国木田は重々しく頷《うなず》いた。「店長からおおよその話は聞いた」

「では何故《なぜ》そう呆《ほう》けていられる？　奴は今日の経緯《いきさつ》を首領《ボス》に報告する筈だ。そして首領《ボス》、即《すなわ》ち『黒衣の男』は僕《やつがれ》が妹を追っていることを承知している。となれば、奴は早晩僕《やつがれ》の接近を警戒《けいかい》し、警備をさらに強化するか、姿を消すだろう。否《いな》——それだけならばまだ幸運だ。若《も》し連中が、妹を殺すことで僕《やつがれ》を回避《かいひ》しようと考えたとしたら？　明日にもそうならぬという保証は何処にもない。今が唯一《ゆいいつ》の機会なのだ」

芥川はそう云って踵《きびす》を返し、出口へと歩き出した。

その横顔は、獰悪《どうあく》な獣そのもの。

「芥川さん！　待つンだ！」芥川の眼前に、谷崎が立ちはだかった。「幾《いく》ら君でも不可能だ！唯《ただ》行っても殺されるだけ——」

「退《ど》け！」

腕《うで》を摑《つか》もうとした谷崎を、芥川は乱暴に突《つ》き飛ばした。同時に異能の布刃《ば》が閃《ひらめ》き、谷崎をかすめる。

「痛《つ》っ」

谷崎が後ろに倒《たお》れ、自分の手を押さえた。手の甲《こう》に、刃《やいば》で裂《さ》かれた細い傷が走っている。

尻餅《しりもち》をついた谷崎が、痛みに顔をしかめながら芥川を見上げた。それを見た芥川はほんの一《いっ》瞬《しゅん》、かすかな苦さを顔に浮かべたが、すぐに目を逸《そ》らして出口へと歩いていった。

「芥川さん！」


横浜の夕刻。

空に塗《ぬ》られた青と黒とが入れ替《か》わる一瞬の、炎《ほのお》の時間。

その時間、マフィア本部ビルでは、地獄《じごく》が開始されていた。

無数の武闘派《ぶとうは》マフィアが、銃《じゅう》を携《たずさ》え、無線と手榴弾《しゅりゅうだん》を携え、建物入口前のロビーへと殺到《さっとう》した。だが誰《だれ》一人として、そこで今繰《く》り広げられているのが正確には何なのか、理解することができなかった。

正確に云えば、それは潜入《せんにゅう》作戦だった。

芥川が、難攻不落《なんこうふらく》のマフィア本部ビル最上階へと潜入を試みたのだ。

だがそれはとても潜入には見えなかった。何故なら芥川は、堂々と正面入口から、歩いて潜入してきたからだ。

「撃《う》て、殺せ！」

無数の怒号と共に、無数の銃口が炎を吐《は》き出す。ロビーを手ぶらで堂々と歩く、たった一人の侵入者に向かって。だが、銃弾《じゅうだん》はただのひとつとして、芥川を傷つけられなかった。すべての銃弾は命中する直前に停止し、芥川の足下《あしもと》に落下した。

「出てこい」芥川は燃える瞳《ひとみ》で、ただ前だけを注視していた。「黒衣の男よ、ポートマフィア首領《ボス》よ。出てこい。何処だ、何処だ、何処だ」

何が起こっているのか、誰も理解できなかった。

己《おのれ》の頭部が切り落とされる瞬間《しゅんかん》ですら。

「ひっ」

「怯むな、撃て、これ以上の侵入を許──」

廊下《ろうか》に、壁に、天井《てんじょう》に、鮮血《せんけつ》の花が咲《さ》く。

芥川の怒《いか》りが形となって室内に吹《ふ》き荒《あ》れ、大量の悲鳴と死を生産していく。

「何処だ。首領《ボス》は何処だ」芥川の怒号が響《ひび》く。「出せ。出せ──首領《ボス》を出せ！」

その声と共に、灰色の布が魔王《まおう》の爪《つめ》となってロビーを蹂躙《じゅうりん》した。

柱が切断され、装飾《そうしょく》具が砕《くだ》けた。後に残るは、空薬莢《やっきょう》と弾丸《だんがん》、切断された銃と、食い散らかされた死体の山。

芥川は己の作りだした死体と破壊痕《はかいこん》には見向きもしなかった。注意はただ前に向けられていた。階段を上り、廊下を通り抜《ぬ》ける。

やがて警戒サイレンが鳴り響き、通路はすべて防火防弾《ぼうだん》の鎧戸《よろいど》で封鎖《ふうさ》された。だがそれも芥川の歩みを止めることはできなかった。衣刃が鎧戸を四角く刳《く》り貫《ぬ》き、その穴を悠然《ゆうぜん》と通り抜けた。

銃を向けられようと、隔壁《かくへき》が立ちはだかろうと、芥川は表情を変えなかった。敵が刃に貫かれ、天井に大量の血をほとばしらせた時でさえ、ほとんど関心を払《はら》わなかった。敵に注意を向けるのは相手の頸《くび》を刎《は》ねる時のみで、傷ついた敵の悲鳴も苦悶《くもん》も、芥川の意識の外で跳《は》ね回る雑音に過ぎなかった。

その姿は、もはや人間らしさすら備えていなかった。

涼《すず》やかな死を運ぶ、冥獄《めいごく》の魔獣《まじゅう》。

そしてその視線が注がれる先はただひとつ。——最上階に待つ、憎き仇敵《きゅうてき》。


階段を上り、三階にまで辿《たど》り着いた。

横浜でも随一《ずいいち》の高さを誇《ほこ》るマフィア本部ビルは、外見計測でおおよそ地上四十階の高さがある。芥川はその三階にまで到着《とうちゃく》した。全体の行程からすると一割にも満たない進行度だが、そこまで辿り着けた侵入者は長いマフィアビルの歴史を見ても稀《まれ》だった。

その第三階層の廊下を歩いている時、芥川はふと足を止めた。

前方に、奇妙《きみょう》な人影《ひとかげ》が立っていた。

和装の少女だ。黒髪《くろかみ》で小柄《こがら》、静かな瑠璃色《るりいろ》の瞳を持った、おおよそこの場には似つかわしくない幼さと雰囲気《ふんいき》を持っている。

奇妙なのは、その背後に立つ人影だった。

まず、その姿は宙に浮《う》いていた。足は地面についておらず、それどころか足そのものがどこにも見えなかった。顔は白くつるりとした仮面に覆《おお》われて見えず、長い頭髪《とうはつ》は風もないのに緩《ゆる》やかに波打ち、周囲に広がっていた。そして手には、鍔《つば》のない刀鞘《かたなざや》が握《にぎ》られていた。

明らかに人間ではない。

「異能か」

芥川が呟《つぶや》いた。

「私の名は鏡花」静かに立つ少女が云《い》った。「マフィアの暗殺者」

鏡花は懐《ふところ》から旧式の携帯電話《けいたいでんわ》を取り出し、耳に当てた。

「退《ど》け」芥川の声は硬質《こうしつ》で、鋼鉄の鋭《するど》さを含《ふく》んでいた。「少女とは云え容赦《ようしゃ》はせぬ。最上階までの道を阻《はば》むものは、悉《ことごと》く斬《き》り伏《ふ》せる」

「それでもいい」鏡花の声は、芥川のものよりもさらに感情を欠いていた。「でも貴方《あなた》がこのまま進めば、あの人と戦うことになる。あの人を傷つける人間は、その前に静かになるべき。この世のどんなものよりも静かに」

鏡花はそう云うと、携帯電話の釦《ボタン》を押しながら云った。「夜叉白雪《やしゃしらゆき》。この男を――殺して」

少女の背後に立つ異能生命体が、刀鞘から刀を抜き放った。鏡花の身長ほどもある銀刀だ。

「第一関門という訳か」芥川は表情を変えずに云った。「善いだろう。来い」

銀色の刀身と灰色の衣刃が、閃光《せんこう》となって激突《げきとつ》した。

「太宰さん、侵入者《しんにゅう》です」

敦が首領《ボス》執務《しつむ》室に早足で入って来て云った。

「らしいね」

黒外套《がいとう》を着たポートマフィア首領《ボス》・太宰は、窓の外の景色を眺《なが》めたまま答えた。

敦はその窓に目を留めた。その窓は通電遮光《しゃこう》することで黒い壁《かべ》に変わる。だがこの四年間、その窓が窓の外の景色を通過させたことは一度としてなかったはずだ。それが今は、青く広がる街並みを透明《とうめい》に映し出している。

「侵入者は既《すで》に第一、第二階層を突破《とっぱ》しました」敦は視線を太宰に戻《もど》して云った。「常設の構成員は全員倒されました。かなりの手練《てだれ》です」

「君の知っている男だね？」太宰は敦に背を向け、風景を眺めたまま云った。

「はい」敦は頷《うなず》いた。「警備室で敵の映像を確認《かくにん》しました。侵入者の名は芥川。喫茶店《きっさてん》で遭遇《そうぐう》した異能者です」

「そうか」太宰は冷静な声で云った。「ようやくだね」

太宰の声には驚《おどろ》きも困惑《こんわく》もなかった。ただ予定されていたことが予定通り訪《おとず》れたことを追認《ついにん》する時の声だった。

「太宰さん。……質問をお許し頂けますか」

「善いよ」太宰はやはり顔を敦に向けない。

「あの侵入者が銀さんの兄というのは、本当ですか？」

太宰はほんの少しだけ沈黙《ちんもく》の間をとった。

それから、冷たい声で「本当だ」と云った。

敦は眉《まゆ》を寄せ、少しためらいの表情を見せた後、「それでは」と云った。「奴《やつ》が今ここに侵入してきたのは、太宰さんがそう仕向けたから――ということですか？」

太宰は何も云わなかった。ただ敦に横顔を向け、視線だけで敦を見た。

「喫茶店で僕は、太宰さんが用意した手紙を奴に渡《わた》しました。そしてその中にあった銀さんの写真を見るなり急に感情を爆発《ばくはつ》させ、その後間もなくここに現れました」

敦の言葉にも、太宰は砂粒《すなつぶ》ほども表情を変えない。

「ひょっとして、あの手紙には銀さんの居所が此処《ここ》だと書かれていたのでは？」敦は静かに問いかけた。「つまり——太宰さんは最初から、あの異能者にマフィア本部ビルを襲《おそ》わせる気だったのではないですか？」

太宰が振《ふ》り向いた。そして表情を変えず、敦の前まで歩いてきた。

それから聞く者の魂《たましい》を引き裂《さ》くような、低くざらついた声で云った。

「だとしたら、何だと云うんだい？」

敦の呼吸が止まった。室内の空気が消滅《しょうめつ》したかのように。

「例えば、雨が洪水《こうずい》を起こして村を押し流す。雷《かみなり》が杉《すぎ》の木に落ちて永い山火事を起こす。地球のちょっとした身震《みぶる》いが津波《つなみ》を呼んで海岸線の形を変える。——君が今目にしているのはそれだ、敦君」黒外套の太宰は、優《やさ》しさすら感じさせる掠《かす》れ声で云った。「この巨大《きょだい》黒組織ポートマフィアが起こす、痙攣《けいれん》的な自然現象。ひとりの構成員の力では止めるどころか把握《はあく》すらできない、大きな流れの渦《うず》だ。洪水の真意を測ることに何の意味がある？」

敦は太宰を見た。

そしてその幻《まぼろし》を見た。太宰の脳髄《のうずい》の一点から発生した陰謀《いんぼう》の奔流《ほんりゅう》が、この部屋、建物、街すべてを覆い尽《つ》くそうと渦巻《うずま》いている幻を。

「すべては——太宰さんの計画の一部、ということですか？」

太宰は答えない。

「以前に仰《おっしゃ》っていた……『第二段階』『第三段階』という概念《がいねん》と、関係しているのですか？」

やはり太宰は答えない。

その冷たい視線に、百の雄弁《ゆうべん》な言葉よりも重い意味を見た敦は、背筋を伸《の》ばして云った。「判《わか》りました。ポートマフィア遊撃《ゆうげき》部隊を預かる身として、すぐにこの建物を平和で退屈《たいくつ》ないつものマフィアビルに戻してご覧に入れます」そして踵《きびす》を返し、出口へと歩き出した。「では」

敦が大股《おおまた》で歩き去っていくのを、太宰は静かな目で見送った。

それから誰《だれ》もいない空間に向けて、囁《ささや》くように云った。

「そう、これは自然現象だ」太宰の声は、薄《うす》く引き延ばされた疲労《ひろう》の響《ひび》きを伴《ともな》っていた。「誰にも止められず、抗《あらが》えない。この私であっても——。できることといえば、愛してやることだけだ。この世界が、一つの巨大な嘘であるという事実を」


衣刃と銀刀が激突し、その閃光が空中に光の壁を作りだしていた。

芥川の外套から伸びた刃が、弾丸《だんがん》の雨のように鏡花を襲う。夜叉白雪は無音で刃を閃《ひらめ》かせ、音速の剣閃《けんせん》でそのすべてを叩《たた》き落とした。だが衣刃の弾丸は弾切《たまぎ》れを起こさない。夜叉の超人《ちょうじん》的な速度でも、反撃《はんげき》に転じるには攻撃《こうげき》の密度があまりに高い。

「如何《どう》した、マフィアの暗殺者」芥川は口元を押さえ、平静な声で云った。「僕《やつがれ》を静かにさせるのではないのか？　防ぐばかりでは、沈黙の刃を僕《やつがれ》に刺《さ》せぬぞ」

廊下《ろうか》を埋《う》め尽くす衣刃の雨を、鏡花は闇《やみ》を含んだ目で静かに見つめていた。

「そうかもしれない」鏡花は無表情で云った。「でも、私には他《ほか》に何もない。私は闇の花――人を殺す、それしかない。だからどんな対価を支払《しはら》っても、私は貴方を殺す」

鏡花が前へと駆《か》け出した。

「何っ」

懐から短刀を抜《ぬ》き、前傾姿勢《ぜんけいしせい》となって素早《すばや》く駆ける。夜叉白雪の防御圏内《ぼうぎょけんない》を越《こ》え、さらに前へ。

衣刃が鏡花に激突した。

殺到《さっとう》する刃の連射に追随《ついずい》し、鏡花の短刀が奔る。超速度の銀光が衣刃を弾《はじ》き、受け流す。だが、鉄や空間すら切断する芥川の異能に対し、物理存在でしかない鏡花の短刀は抗えない。たちまち欠けて破砕《はさい》され、粉々に砕《くだ》ける。

「如何した。その程度か」

「貴方は慥かに強い――けど、私が一度組織を抜けた時、追っ手として私を殺しに来たあの人のほうが、ずっと強かった」

「何だと」芥川の目が怒《いか》りに細められる。「ふん。ならば前座は早々に退場せよ」

芥川の異能布が縒《よ》りあわされ、巨大な槍《やり》となって噴出《ふんしゅつ》する。

だが、それを視認した鏡花の表情には、さざ波ほどの変化も起きていなかった。

その目の奥にある静かな闇を認めた瞬間《しゅんかん》、芥川は野性的な本能で頭を後方に振った。

同時に、芥川の顔があった空間を、夜叉白雪の銀刃が貫《つらぬ》いて抜けた。

「な——」

側面の壁から、透過体《とうか》となった夜叉白雪が刀だけを突《つ》き出して奇襲《きしゅう》していたのだ。

逃《に》げ遅《おく》れた芥川の頭髪《とうはつ》が何本か散り、刃がかすめた鼻の稜線《りょうせん》が薄く裂かれて出血した。

鏡花は己《おのれ》自身を囮《おとり》とし、その間に夜叉を壁の向こうへと潜《もぐ》り込ませていたのだ。

芥川の体勢の崩《くず》れを、夜叉白雪は見逃《みのが》さない。殴《なぐ》り合えるほどの至近距離《きょり》から、夜叉白雪の銀刃が襲いかかる。暴嵐《ぼうらん》のような剣閃《けんせん》の密度は、人間がくぐって通れる程《ほど》の隙間《すきま》など一切《いっさい》存在しない。防御《ぼうぎょ》のための空間断裂《だんれつ》を創《つく》る時間もない。羅生門《らしょうもん》の布でどうにか受け続けるが、距離が近すぎる。

「くっ」

芥川の脳裏《のうり》に、先輩《せんぱい》である織田の言葉が浮《う》かんだ。

——お前の異能は強いが、身体勝負になった時にどうしても肉体自体の弱さが出る。

「ならば、異能勝負に引き戻すまで……！」

芥川は衣刃を床《ゆか》に突き刺し、残った衣《ころも》で自分を包んだ。放《ほう》り投げるように己の体を夜叉から遠ざけ、距離を取る。

夜叉白雪の剣閃乱舞《らんぶ》が、壁《かべ》を、床を、天井《てんじょう》を切り刻んだ。

同時に、芥川が転がるようにして廊下の端《はし》に着地。すぐさま異能刃を展開し、防御体勢を取る。

身体能力に囚《とら》われない中距離《ちゅうきょり》こそ、芥川の最適戦闘《せんとう》距離。勝負は再び芥川有利に傾《かたむ》いた。

──かに思えた。

「駄目《だめ》だ。お前に彼女は傷つけさせない」

側面から、拳《こぶし》がまともに芥川に叩きつけられた。

芥川の体がくの字に折れ曲がった。爪先《つまさき》が宙に浮く。

芥川は廊下の壁や床に体を叩きつけられながら吹《ふ》き飛び、為《な》す術《すべ》もなく転がっていった。

「大丈夫《だいじょうぶ》かい、鏡花ちゃん」そこに立っているのは、ポートマフィアの白い死神──中島敦だった。「助けに来たよ」

「貴、様……」廊下の端で、芥川が呻《うめ》きながら体を起こした。荒《あら》い息をつきながら、幾度《いくど》か咳《せ》き込む。

戦闘《せんとう》用の黒外套《がいとう》に、異能制御《せいぎょよう》用の巨大首輪を身につけた敦は、呻く芥川に乾《かわ》いた視線を送った。

「あれを受けて立ち上がるか……背骨を砕くつもりで殴ったのに」敦が小さく顔をしかめた。

「そうか、衝撃《しょうげき》の瞬間に異能の布を体に集めて、緩衝材《クッション》のように威力《いりょく》を殺したのか。訓練や技術で得たものじゃない。獣《けもの》のような闘争《とうそう》本能の為せる業《わざ》……強敵だな」

廊下に静かに立つ敦には、寸毫《すんごう》ほどの隙《すき》もない。ただ立つだけで、周囲の空気がぴしりと張り詰《つ》めるような気配を発している。

鏡花が静かに歩き、敦の隣《となり》に寄り添《そ》った。

「予感があった」鏡花は敦の手に触《ふ》れながら云《い》った。「私がこの男を斃《たお》さなくては、きっと貴方《あなた》がこの男の前に立つと。そして、どちらかが命を落とす死闘《しとう》になると。……ご免《めん》なさい」

「大丈夫だ、鏡花ちゃん」敦は鏡花の手を優しく握《にぎ》り返した。「僕は死なない。君の傍《そば》にいる。もう二度と、君を一人で闇の中に沈《しず》ませはしない」

敦の手を、鏡花の白く細い指が小さく強く握りしめた。深淵《しんえん》の闇の中で、唯一《ゆいいつ》垂らされた命《いのち》綱《づな》をしっかりと握りしめるように。

「闇の中も怖《こわ》くはない」鏡花はか細い声で云った。「貴方と一緒《いっしょ》なら」

芥川は目を細め、そんな二人の姿を観察した。

一人でも苦戦したマフィアの異能者を相手に、二対一。それも敵の拠点《きょてん》の只中《ただなか》で。それでも芥川の声には微風《びふう》ほどの動揺《どうよう》もない。

「闇の組織で身を寄せ合う、心優しき殺人鬼《さつじんき》たち、か」芥川はかすかに嘲弄《ちょうろう》する響きを含《ふく》ませて云った。「泣かせる話だ。だが、ここに来る迄《まで》に僕《やつがれ》も調べを済ませた。『ポートマフィアの白い死神』に『三十五人殺し』。——忌《い》まわしき呼び名だ。血塗《ちぬ》られた手を幾《いく》ら繋《つな》ごうと、互《たが》いの体温を伝えることは出来ぬ」

「そうかもしれない」敦は静かな目で云った。「だとしたら、お前と銀さんも、体温を伝え合うことは二度とできないな」

芥川の頭髪が逆立った。

「……貴様……！」

嚙《か》み合わされた犬歯がぴしりと鳴った。芥川の周囲で、布が大蛇《だいじゃ》の群れのようにのたうつ。

「銀の手が血塗られているとすれば、それは貴様等に誘拐《ゆうかい》されたが故《ゆえ》だ……！」

芥川の外套が変形し、狼《おおかみ》の頭部を持つ獣の姿へと変形していく。獣が怒りを宿して吼え震《ふる》える。

敦はそんな衣獣と芥川を黙《だま》って眺《なが》めていた。

「お前は勝てない。僕には鏡花ちゃんがいるが、お前は一人だ。誰もお前の味方をしない。お前の敗因は、その孤独《こどく》だ。……鏡花ちゃん」

敦は抑揚《よくよう》のない声で鏡花に声をかけた。鏡花が小さく頷《うなず》き、携帯電話《けいたいでんわ》を耳に当てる。

「夜叉白雪。敵を斃し、私とこの人を守って」鏡花が携帯電話に向けて、細い声で云った。

だが。

「……？」

夜叉白雪は武器を構えない。身じろぎもしない。ただ鏡花の後方で、非現実的に揺《ゆ》らめきながら浮いている。

「夜叉白雪？」

鏡花は夜叉を見て、それから携帯電話を見た。画面が暗い。……電源が切られている。

「誰《だれ》に味方がいないッて？」

どこからともなく、声がした。

「味方ならいるさ。それもこの街で、最強の異能者組織がね」

鏡花の携帯電話が、見えない手に奪《うば》い取られた。

廊下に、どこからともなく柔《やわ》らかい雪が降りはじめる。

「芥川さん！　床を落とすンだ！　逃げるよ！」

その声と同時に、鏡花の後方から人影《ひとかげ》が現れた。その人影を認めた瞬間、芥川の異能狼が咆え、床を削《けず》りながら飛翔《ひしょう》する。

無数の閃光《せんこう》が廊下で衝突《しょうとつ》し、暴れ回った。

振動《しんどう》がマフィア本部ビルを包んだ。

非常装置が作動し、建物の異常を伝える警戒警報《けいかいけいほう》が鳴り響《ひび》いた。

切断された廊下《ろうか》の基材が落下し、調度品を破壊《はかい》し、壁面《へきめん》に無数の亀裂《きれつ》を走らせた。マフィアの構成員は突然《とつぜん》の崩落《ほうらく》と警報に驚《おどろ》き、片手に銃《じゅう》を、もう片手に無線機を持って建物内を右往左往した。

その混乱の中、異能で姿を隠《かく》した芥川たちは、廊下の端をそっと歩いて移動した。そして建物の端、掃除《そうじ》用具室へと逃げ込んだ。

室内に監視《かんし》装置がないことを確認《かくにん》し、入口を施錠《せじょう》してから、谷崎は床に腰掛《こしか》けた。そして芥川のほうを向いて「大丈夫？」と問いかけた。

「ああ」芥川は部屋の壁に体重を預けたまま、口を押さえて小さく咳《せき》をした。「軽傷だ。僕《やつがれ》も……この暗殺者もな」

芥川の足下《あしもと》には、異能の布で拘束《こうそく》された鏡花が横たわっていた。意識はなく、睫《まつ》毛《げ》の長い目は静かに閉じられている。芥川の異能に抱《かか》えられ、ここまで運ばれて来たのだ。

「何故《なぜ》彼女を？」

芥川はその質問には答えずに鏡花を見下ろして、その後谷崎のほうを見て訊《たず》ねた。「この少女が所持していた携帯電話は？」

「ここにある」谷崎が服の裾《すそ》から携帯電話を取り出して見せた。「乱歩さんから聞いたンだ。ポートマフィアの少女暗殺者、泉鏡花……彼女の異能である『夜叉白雪』は、携帯電話からの声にしか従わない、ッて」

「その噂《うわさ》は僕《やつがれ》も耳にしたことがある」と芥川は冷徹《れいてつ》な声で云った。「となればこの少女にも幾《いく》分《ぶん》かの使い途《みち》がある」

「使い途？」

「その前に、答えて貰《もら》おうか」芥川は小さく呟き込んで谷崎を見た。「何故来た、谷崎さん。何の心算《つもり》だ？　この戦いはあくまで僕《やつがれ》の私事であり独断。探偵《たんてい》社が与《くみ》する理屈《りくつ》など存在せぬ。ましてや、この伏魔殿《ふくまでん》たるポートマフィアの拠点に忍《しの》び込み、僕《やつがれ》を助ける危機を冒《おか》す理由など……妹を失った愚者《ぐしゃ》への同情か？」

「違《ちが》うよ。探偵社員だからだ」谷崎は困ったように微笑《ほほえ》んだ。「ボクと君は似てる。違いがあるとすればそこだ。探偵社員は——死にゆく妹を命懸《いのちが》けで救おうとする人間を、放《ほう》っておいたりはしない」

芥川の目が鋭《するど》くなった。「死にゆく妹、だと？」

「この手紙だ」谷崎は懐《ふところ》から手紙を取り出した。「芥川さんが喫茶店《きっさてん》で受け取った、ポートマフィア首領《ボス》からの手紙。この中に、芥川さんの妹の銀さん、その処刑日時が記されていたンだ」

「何だと!?」

芥川は谷崎の持つ手紙を引ったくって文面を凝視《ぎょうし》した。

「時刻は今日の日没《にちぼつ》。もう一時間もない」谷崎は厳しい目をして云った。「この手紙を読んだ社長が、探偵社員全員に現業務の凍結《とうけつ》と、芥川さんの掩護《えんご》を命じた。今頃皆《いまごろみんな》が、救出のための作戦を立てている頃《ころ》だ。……とは云え」

谷崎はふと暗い表情になって云った。

「処刑の刻限まであと一時間。実行できる作戦の幅《はば》はどうしても限られてくる。そもそも……どうしてポートマフィア首領《ボス》が妹さんの処刑予告を探偵社に送りつけたのか、理由が全く判らない」

「僕《やつがれ》への挑発《ちょうはつ》だ」芥川は手紙束を憎々《にくにく》しげに握りつぶした。「奴《やつ》め……焚《た》きつけているのだ。刻限までに最上階へ来いと、妹を救いたくば命を懸けよと」

「罠《わな》、ッて事か――」谷崎は深刻な顔をした。「これからどうする？」

「知れた事。挑発に乗る。罠を食い破り、敵を刻み捨て、最上階にて黒衣の男を破る」

「でも」谷崎は苦い顔で芥川を見た。「ここから先、マフィアの強力な異能者が道を阻《はば》む。それこそ先刻と同じか、それ以上の。ボクの異能で姿を消して抜《ぬ》けようにも、各階に下ろされた隔壁《かくへき》は突破《とっぱ》できない。芥川さんの異能で隔壁に穴を開ければ、それで警報が鳴って居場所がばれる。……どうすれば」

その時、扉《とびら》の向こうから声がした。

「どうもしなくていい。お前たちはここで終わりだ」

入口の扉が爆散《ばくさん》した。

壁材《かべざい》が飛び散る。室内に破片《はへん》が叩《たた》きつけられる。

破砕《はさい》された扉の向こうには、無数の人影。

「自分から出口のない部屋に逃《に》げ込むなんて、追われてる自覚が足りないんじゃないか」入口で、少年の声が云《い》った。

「な――そん、な、何故ここが」

谷崎が啞然《あぜん》として入口を見る。そこには銃を持ったマフィア戦闘員《せんとう》が十名以上いた。その中心にいるのは、白い短髪《たんぱつ》を靡《なび》かせた、あどけない少年の姿。

「探偵社員さん。貴方《あなた》の異能は姿は消せても、匂《にお》いまでは消せないみたいだ」中島敦が、感情を含《ふく》まない声で云った。「だから虎《とら》の嗅覚《きゅうかく》で貴方の匂いを追った。怪我《けが》をした獲物《えもの》の匂いを追うのは、肉食獣《にくしょくじゅう》の得意とするところだから」

入口の向こうで、無数の銃口《じゅうこう》が芥川たちに向けられる。

殺意が膨《ふく》れあがる。

「く、くく……くくく」

室内に、似つかわしくない笑声《しょうせい》が響いた。

芥川だった。

「肉食獣？　肉食獣の弱点が何か判《わか》るか、虎。それはな、狩《か》られ慣れていないことだ」芥川は酷薄《こくはく》な笑《え》みを浮《う》かべた。その目には黒い炎《ほのお》が宿っている。「狩られる獲物が、狩り場で待っていたなどとは決して思い至らぬ」

「待っていた？」敦が眉《まゆ》を寄せる。

「これだ」

芥川は携帯電話《けいたいでんわ》を耳に当てた。谷崎が奪った、鏡花の携帯電話だ。

「夜叉白雪。一時間の後、主である鏡花の命を刈り取れ」

「なっ」

敦が驚き、飛び出そうとした。それを布刃《ば》で牽制《けんせい》しつつ、芥川は続けて携帯電話に命じた。

「僕《やつがれ》のこの声で命じた時のみ、殺害を中止せよ。その一時間、他《ほか》の声による命には決して応じるな」

夜叉白雪が空間に浮き上がり、刀を抜いて芥川の横に寄り添《そ》った。まるで命令を押し戴《いただ》く従者のように。

事態を最初に把握《はあく》したのは敦だった。

「しまった……！」

敦は目を見開き、芥川を睨《にら》む。

芥川はその視線を涼《すず》しい顔で受け止めた。「さて、虎。状況《じょうきょう》を理解したか？　僕《やつがれ》を最上階まで案内して貰おう」

「く……！」

芥川が一歩を踏《ふ》み出す。警戒し、マフィアの構成員が銃の狙《ねら》いをつける。

「全員、銃を下ろせ！」

敦が咆えた。

その怒気《どき》に、室内の壁がびりびりと震《ふる》える。

当惑《とうわく》し敦を見る戦闘員たちに向けて、敦は続けて一喝《いっかつ》した。「銃を下ろせ、今すぐ！　判らないのか？　鏡花ちゃんの夜叉白雪は、携帯電話からの声にしか従わない！　絶対に、どんなことがあろうと！」

「然《しか》り。そして一時間後に夜叉は少女を殺す。撤回《てっかい》するには僕《やつがれ》の声にて命じるしかない。つまり」

「鏡花ちゃんが……人質《ひとじち》……！」

「そうだ。如何《どう》する、虎？　少女を見殺しにし、暴力と支配しか能のないマフィアの本領を発揮してみるか？」

敦は答えない。顔を伏《ふ》せ、頭を押さえている。

「彼女を……助け……」

その声は、怒《いか》りに震えている。――否《いな》。

「何だ？」谷崎が呟《つぶや》いた。「何か――様子がおかしい」

敦は自分の頭を両手で握《にぎ》りしめた。指の関節が白くなり、指先が頭皮にめり込む。

「駄目《だめ》だ……彼女を守らなくちゃ……守らなくちゃ……『人を守らぬ者に、生きる価値などない』……『人を守らぬ者に』……」

谷崎も芥川も、マフィアの構成員たちも、敦の様子を注視していた。その声が震えているのは、怒りのためではない。全身の筋肉が緊張《きんちょう》しているのは、戦う意志のためではない。

恐怖《きょうふ》だ。

「判った。お前に従う。最上階まで案内する……だから、鏡花ちゃんを傷つけるな。必ず、無事に、解放しろ」

敦は怯《おび》えた目で云った。歯が恐《おそ》れにカチカチと鳴り、冷たい汗《あせ》が顔じゅうに浮かんでいる。

芥川はそんな敦をしばらく無表情で眺《なが》めた後、「約束しよう」と云った。

「全員、銃《じゅう》を下ろせ。命令だ。逆らった奴は僕が殺す」敦は構成員たちにそう云って、廊下《ろうか》へと歩き出した。「こっちだ」

夕陽《ゆうひ》色の街並みを見下ろす首領《ボス》執務《しつむ》室。

その只中《ただなか》で、太宰はひとり、腕《うで》を組んで執務机に座っていた。

その口元にはあるかなきかの薄《うす》い笑み。その目元には此岸《しがん》と彼岸《ひがん》のあわいを見つめる薄い闇《やみ》。

「いよいよ第四段階だ」太宰は掠《かす》れた声で云って、机から立ち上がった。「行くか」

そう云って、太宰は小さな跫音《あしおと》を響《ひび》かせ部屋を横切り、扉《とびら》を開いて執務室から消えた。


芥川と敦は、連れ立ってマフィアビルの内部を移動した。

それは奇妙《きみよう》な行軍だった。

移動する二人に、警備のマフィア員は皆銃《みなじゆう》を向けた——一度は。だが向け続けることはできなかった。誰《だれ》にもその勇気はなかった。

『ポートマフィアの白い死神』が、静かな殺気を振《ふ》りまいていたからだ。

銃を下ろせと命じた訳でもない。侵入者《しんにゆう》に危害を加えるなと指示した訳でもない。敦はただ静かにその場に存在し、静かに歩いただけだ。だが、それを見たマフィアの構成員、暴力と支配の世界で生きてきたその道の熟練者たちは、誰もが一瞬《いつしゆん》で理解した。今、敦とその同行者に一瞬でも殺意を向ければ、引き金を引くより前に殺される。

『ポートマフィアの白い死神』は、敦の敵がつけた呼び名ではなかった。

それは味方によって、ポートマフィアにいる敦の同僚《どうりよう》たちによってつけられた名だった。正体の知れない感情によって駆動《くどう》する冥界《めいかい》の獣《けもの》。白い死を振りまくもの。ひとたび『そちら側』

の敦が顔を出せば、敵にも味方にも等しく死が訪《おとず》れる。理解の及《およ》ばぬ此岸の神。――白い死神。

「ボクはこの階段で一階まで下りるよ」

二人が非常階段まで来た時、それまで姿を消していた谷崎が現れて云《い》った。

谷崎は運んでいた鏡花を肩《かた》に担《かつ》ぎなおし、真剣《しんけん》な声で云った。「芥川さん、気をつけて」

「ああ」芥川が頷《うなず》いた。「僕《やつがれ》からの連絡《れんらく》があれば、少女を解放せよ。それまで誰にも見つからぬよう、姿を隠《かく》せ」

「判ってる」

敦は硬《かた》い表情で谷崎を見ていたが、何も云わなかった。

階段を下りて立ち去る時、谷崎は一度だけ振り返って「芥川さん」と云った。

「何だ」

「先刻《さつき》ボクは云った。ボクと君の違《ちが》いは、探偵《たんてい》社員かそうじゃないかだ、と」谷崎はためらいがちに芥川を見た。「でもそれは正確じゃない。君ももう探偵社員なンだ。最上階の戦いで、もし究極の選択《せんたく》を迫《せま》られた時は、それを思い出してほしい」

芥川はしばらく谷崎を見た後、口を開いた。「何故《なぜ》今、そんな話をする？」

「正義の味方は、妹をちゃんと助け出して二人で生きて戻《もど》る。そういう風に決まってるからさ」谷崎は少しだけ微笑《ほほえ》んでから、真顔に戻って云った。「ボクも入社して少し後、それに気がついた。それで随分《ずいぶん》救われたよ」

芥川はじっと谷崎を見た。その表情のどこかにある、真実の答えを探すように。

「いいかい。試験なんて関係ない。探偵社員だと強く信じた瞬間《しゅんかん》から、君は探偵社員なんだ。そのことが君に、必ず力をくれる。君はそれを信じるだけでいい」

芥川は相手の真意を測るように谷崎を見ていたが、やがて納得《なっとく》したように頷いた。「信じよう。……気をつけて行け、谷崎」

「君もね、芥川君」

谷崎は少女を担いで階段を下りていった。下りる途中《とちゅう》で、二人の姿は雪のようにかき消えた。


谷崎と別れ、芥川と敦はさらに進んだ。

十階を超《こ》えたあたりから、周囲には警備の人間はおろか、どんな物音ひとつしなくなった。侵入者に近づくなという命令がマフィア全体に行き渡《わた》ったのだ。巨大《きょだい》な墓標のように静まりかえったマフィアビル内部を、二人は跫音だけを響かせて歩いた。

「貴様の権限で、何階まで上れる？」

敦が振り返り、抑圧《よくあつ》された者の瞳《ひとみ》で芥川を見た。そして云った。「最上階まで」

「ならば僕《やつがれ》は、正しき相手を脅《おど》したようだ」芥川は小さく頷いて云った。「ひと睨《にら》みでマフィアの黒服共を黙《だま》らせるとは、見た目より貴様は古株らしい。マフィアに入って何年になる？」

敦は答えず、ただ黙って芥川を睨んだ。

「答えぬならそれも善い」芥川は冷酷《れいこく》な目で云った。「だが、僕《やつがれ》の気分次第《しだい》で少女に今すぐ死の通話を与《あた》えられることを忘れるな」

「止《や》めろ！」敦は素早《すばや》く振り向き、怯えた目で云った。「判《わか》った。……四年半。僕が組織に入ったのは、四年半前だ」

「四年半……？」芥川の目が細められる。「入った理由は？」

「或《あ》る人に誘《さそ》われた。孤児院《こじいん》から弾《はじ》き出され、山野を彷徨《さまよ》っていた時に」敦は視線を外し、どこでもない場所を見ながら云った。「マフィアに入れと。そうすれば僕の欲しいものを与えると」

「誘った人物は……現在のポートマフィア首領《ボス》、太宰か？」

「そうだ」敦は頷いた。「何故判った？」

「矢張《やは》りそうか」芥川はしばらく考えた後で云った。「四年半前は、僕《やつがれ》の前に黒衣の男が現れた時期と粗《ほぼ》重なる。……あの時奴《やつ》は、僕《やつがれ》を選ばず貴様を選んだ。新たな部下として」

「お前がマフィアに？」敦は芥川にちらりと視線を送った。「想像がつかない」

「然《しか》り。僕《やつがれ》がマフィアに入るなど有り得ぬ」芥川は断言した。「黒社会の人間には悉《ことごと》く吐《は》き気がする。何故ならば、僕《やつがれ》の仲間を殺したのは――」

そこまで云って、芥川は口を閉じた。残された台詞《せりふ》の余韻《よいん》が宙を漂《ただよ》った。

それから数分、二人は黙って歩いた。

階層が三十階に達した頃《ころ》、敦が再び口を開いた。

「もし太宰さんが僕ではなくお前を誘っていたら」敦は押し殺した声で云った。「すべては変わっていたかもしれない。でもそうはならなかった。あの人の頭の中にあるのはすべて必然だ。だからお前は、妹を助け出せない」

「何だと？」芥川の表情が変わった。

『必然』だ。判らないのか？　先刻、探偵社員のお仲間が、『正義の味方は、妹をちゃんと助け出して二人で生きて戻る』と云った。それ自体は正しいのかもしれない。でもお前は善い側の人間にはなれない。見れば判る」

芥川は素早く敦の襟首《えりくび》を摑《つか》み、力まかせに壁《かべ》に叩《たた》きつけた。

「取り消せ」

芥川が唸《うな》る獣のような声で云った。押しつけられた敦の首輪がみしりと鳴った。

「取り消しても何も変わらない」敦は奇妙に平坦《へいたん》な声で云った。「この世界にいれば、人の善悪について厭《いや》でも詳《くわ》しくなる。少女を人質《ひとじち》に取って脅迫《きょうはく》し、己《おのれ》の欲しか見ず、目的もいつの間にか破壊《はかい》の欲望《よくぼう》へと変わる。それがお前だ。その証拠《しょうこ》に、お前はこの建物に来てから『首領《ボス》を出せ』『最上階に案内しろ』とは云っても、『妹を連れてこい』とは一度も云っていない。本当はそれを一番に云うべきなのに――すり替《か》わってるんだ。目的が、欲望に。お前はそういう奴だ。だからお前に妹は救えない。永遠に」

異能の布が膨張《ぼうちょう》し、敦の全身を壁に縫《ぬ》いつけた。同時に芥川の拳《こぶし》が、敦の顔面を殴《なぐ》り飛ばす。

「違う！」

殴る、殴る、殴る。敦の唇《くちびる》が切れ、血が壁に散る。

芥川の背後で、布が縒《よ》りあわされ、巨大な槍《やり》が生成された。蠍《さそり》の尾《お》のように、敦に狙《ねら》いがつけられる。

「死ね……！」

「やめて兄さん」

凜とした、静謐《せいひつ》な声が建物内に響きわたった。

芥川が拳を止め、信じられぬものを見るような目で声のほうを見た。

その先には、黒背広の女性がいた。

長い黒髪《くろかみ》を首の後ろで結《ゆ》わえた、静かな女性だ。あまりに静かで、存在感が希薄《きはく》にすら見える。生きた人間というより、その場に生成された立体的な絵のようだ。

「銀」

芥川が呆然《ぼうぜん》と呟《つぶや》いた。

「何故来たの、兄さん」銀はこそりとも跫音《あしおと》を立てずに歩いた。「私をここから奪《うば》えば、私たちは一生マフィアから追われることになるわ」

「構わぬ」と芥川は云った。「何者が阻《はば》もうとも、未来に何が立ちはだかろうとも、お前を取り戻す。そう誓《ちか》った」

「そうね」銀はほんの少しだけ、悲しみの表情を浮《う》かべて云《い》った。「兄さんはそういう人だわ」

銀は歩き、芥川のすぐ前に来た。

芥川は両腕《りょううで》を開き、銀はその中に飛び込んだ。

「永かった」銀を抱《だ》きしめ、目を閉じて、芥川は云った。「だが取り戻した。お前を。四年半前に犯《おか》した、僕《やつがれ》の過《あやま》ちを」

「いいえ、取り戻していないわ」芥川の腕《うで》の中で、銀は囁《ささや》くように云った。「未《ま》だ何も」

その直後、芥川の表情が痛みに歪《ゆが》んだ。

銀を突《つ》き飛ばす。銀はよろけもせず、小動物のように床《ゆか》を蹴《け》って跳躍《ちょうやく》し、後退した。

芥川は脇腹《わきばら》を押さえていた。

芥川の脇腹には、閃《ひらめ》く流星のような、細い銀色の短刀が突き刺さっている。

「銀……」芥川が苦痛の表情を浮かべて呟いた。「何、故……」

銀は静かに立ち、兄の顔を見つめた。

そして「首領《ボス》の云った通りだったわ」と云い、首を振《ふ》った。後ろでまとめられた黒髪が揺《ゆ》れて、奇妙《きみょう》に誇張《こちょう》された音を立てた。「貴方《あなた》はたった今、敦さんを殴り殺そうとした。私を救うために必要な案内人なのに」

「違《ちが》う、あれは」

短刀で刺された傷から、赤黒い血がにじみ出し、芥川の衣服を汚《よご》していく。

「兄さんは、私なんかどうでもいいの」銀は目を伏《ふ》せ、ほんの少しだけ悲しげな顔をした。

「他《ほか》の人間の誰《だれ》もどうでもいい。関心があるのは自分だけ」

「違う、僕《やつがれ》は、お前を助け、ようと」

「いいえ。あの日も同じだったから」透徹《とうてつ》した響《ひび》きを持つ銀の声が、芥川の台詞をかき消した。

「あの日、兄さんは、怒《いか》りと復讐《ふくしゅう》に囚《とら》われた。無法者を葬《ほうむ》るため、林の中へと走って消えた。でもどうして？　どうして怪我をした私を放って行ったの？」

それは断罪の目、弾劾《だんがい》の目。銀の目は冷たく、鋭《するど》く、容赦《ようしゃ》がない。

「それ、は」

「本当に復讐を思うなら、仲間の仇《あだ》を願うなら、襲撃《しゅうげき》の前に計画を練ったはず。負傷を癒《いや》し、相手を調べ、辛抱強《しんぼうづよ》く機を待ったはず。でも貴方はそうしなかった。ろくに作戦も立てず、怪我をした私を放《ほう》って、敵の懐《ふところ》へと飛び込んでいった。まるで、復讐の炎《ほのお》を、楽しむように」

「違う、銀、僕《やつがれ》は」芥川は吐き出すように云った。

「違うなら、証明して。私をここで納得させて。あれは遠大な計画だったと。気に入らない世界を、獣《けもの》のようにただ壊《こわ》したかったのではないと」銀の目が小さく歪《ゆが》んだ。「お願い、云って」

「それは」

芥川は口を開いた。完璧《かんぺき》な説得の台詞があった。

「それは」

完璧な説得の台詞があるはずだった。

「それは……」

台詞がどこかにあるはずだった。五秒、いや十秒あれば、完璧な返答で銀を説得できるはずだった。

三十秒経《た》っても、芥川は床を見たまま硬直《こうちょく》していた。開いた口からは言葉ひとつ出てこなかった。

銀は絶望したように目を伏せ、首を振った。

「私が戻《もど》れば、兄さんはまた私を云い訳に使うと首領《ボス》は云った」銀は芥川に背を向けた。「周囲を破壊する言い訳に。私もそう思う。だから私は、貴方と一緒《いっしょ》にはいられないわ」芥川から視線を外し、歩き出す。

「違う、待て銀！　首領《ボス》はお前を処刑《しょけい》する心算《つもり》だ、戻ってはならぬ！」

「知っているわ」銀は立ち止まって呟いた。「私の命と引き替えに、兄さんの助命を嘆願《たんがん》する。兄さんが生きるには、それしかない。……さよなら、兄さん」

そして銀は素早く床を蹴って跳《と》んだ。

「止《よ》せ！　待て銀！」

芥川は脇腹を押さえながら走り出した。銀を追って。だが銀の身のこなしは小動物のように素早く、すぐに見えなくなる。

「何故《なぜ》だ？　僕は奴《やつがれ》はお前を救いに来ただけだ！　本当に——それだけなのだ！」

銀を追って、芥川が駆《か》けていく。


残された敦も、一瞬《いっしゅん》遅《おく》れて追おうとした。だがすぐに立ち止まった。

無線機から通信の信号が出ている。首領《ボス》からだ。

『追うな敦君』敦の耳の通信機から、首領《ボス》である太宰の声がした。『状況《じょうきょう》は判《わか》ってる。君は奴《やつ》の先回りをするんだ』

「首領《ボス》——太宰さん」敦は通信機に耳を傾《かたむ》けた。「警備室で我々の映像を見ているのですか？」

『いいや。別の場所だ。だが状況は判ってる。鏡花ちゃんの危機を救うため、君が裏切って敵を案内していたこともね』

「裏切りなんて……！　僕は、ただ」

『それも判っているよ。だから対策を教えよう』太宰の声は真剣《しんけん》なようでもあり、楽しんでいるようでもある。『鏡花ちゃんの弱点は以前から判っていた。携帯電話《けいたいでんわ》からの声のみに従う夜叉白雪は、使いようによっては敵の武器にもなりうる。だから彼女の携帯電話には細工がしてあって、通話された音声が全部録音されるようになっているんだ』

「録音？」敦は眉《まゆ》を寄せた。「ってことは」

『音声の一部を編集して再び流せば、命令を改変できる』

谷崎はマフィア本部ビルを離《はな》れ、近くに停《と》めてあった探偵《たんてい》社の貨物車の荷台に隠《かく》れていた。

「約束の日没《にちぼつ》まで、あと三十分か」時計を確認《かくにん》しながら、不安げに云う。「芥川君、うまくいってるといいけど……」

不意に、気を失い床に寝《ね》ている鏡花の携帯電話が鳴り出した。

ひとりでに通話状態に入り、携帯電話から音声が流れる。

『夜叉・白雪』その音声は、どこか合成じみた雑音を含《ふく》んでいた。だが間違《まちが》いなく芥川の声だ。

『殺、害、を・中、止、せ、よ』

「なっ……」

谷崎は慌《あわ》てて携帯電話を摑《つか》み取った。だがどの釦《ボタン》を押しても反応がない。何者かが遠隔《えんかく》で電源を切ったのだ。

鏡花の上で、白い夜叉白雪が小さく頷《うなず》き、そして消えていった。

マフィア本部ビル内部で、敦が信じられないという表情で無線機を握《にぎ》りしめていた。

『命令の時に使われた芥川君の声の一部を編集して、携帯電話から流した』太宰の声はどこまでも平静だ。『さらに電話の電源を切ったから、新たな脅迫《きょうはく》の命令を与《あた》えることもできない』

「じゃあ、鏡花ちゃんは」

『もう安全……と云いたいが、ひとつだけ懸念《けねん》が残っている』と太宰は云った。『鏡花ちゃん本人はまだ敵に囚われている。つまり状況変化を知った芥川君が、直接仲間に連絡《れんらく》し、鏡花ちゃんを殺させることは可能なんだ。無論こちらでも追跡《ついせき》はするが、姿を消せる幻像《げんぞう》の異能相手では、捜索《そうさく》は難しいだろう。鏡花ちゃんを救う手はひとつ』

「殺害指示を出される前に……芥川を殺す」

敦は譫言《うわごと》のように、平坦《へいたん》に感情を欠いた声で云った。

指が無線機を強く握りしめる。

『鏡花ちゃんを救え、敦君』

そう云って、通信は途切《とぎ》れた。

沈黙《ちんもく》した無線機を握りしめて、敦は背中を丸めた。背中は震《ふる》えている。どこにも向かうことのできない恐怖《きょうふ》に。

その震えが、向かうべき出口を見つけた。震えはぴたりと止まった。

『誰かを救わぬ者に……生きる価値などない』」

敦が視線を前方に向けた。その瞳《ひとみ》にあるのは、青く冷たい炎。

3

私の名前は織田作之助。武装探偵社の一員だ。

ある人物について知りたければ、その人物の職業を知るのが近道だ、と人は云《い》う。一理ある考え方だ。しかし私に関しては、その法則は当てはまらない。

何故なら私は、探偵社に相応《ふさわ》しい精神性も、探偵社に相応しい才能も持ち合わせていないからだ。

私はどこにでもいる只《ただ》のくたびれた男。道路に落ちている煙草《たばこ》の吸《す》い殻《がら》のような、ありふれた三文探偵だ。

二年前、私は《蒼《あお》の使徒《しと》》事件を解決して探偵社に入った。その時のことはよく憶《おぼ》えている。あらゆる物事が右に傾き、それから左に傾いた。ぐらぐらと揺《ゆ》れる事件の中で、私は手近なものに摑まり、揺れが収まるのを待つだけで精一杯《せいいっぱい》だった。事件を解決できたのは偶然《ぐうぜん》の賜物《たまもの》としか云いようがない。

それでも解決した以上、試験は合格。私は探偵社の一員になった。

以来、私は探偵社に持ち込まれた依頼《いらい》を解決して生活している。孤児《こじ》を養い、珈琲《コーヒー》を飲み、休日には少しだけ賭《か》け事をし、夜にはキッチンで小説を書く。そんな生活だ。慎《つつ》ましく、こぢんまりして、誰《だれ》かに自慢《じまん》できるような生活とは程《ほど》遠い。それでも、私は今の生活がそれなりに気に入っている。

今日の探偵社の仕事は、ほんの少しばかり変わっていた。

私は約束の相手と逢《あ》うべく、商店街を歩いていた。

日暮れまでそう遠くない時刻、街路はオレンジ色の夕陽《ゆうひ》の海に沈《しず》み、人々は深海生物のように寡黙《かもく》に通りを行き来していた。敷石《しきいし》の端《はし》に、昨晩誰かが残していった吐瀉《としゃ》物の跡《あと》があった。青年の乗る銀色の自転車が、宇宙船の部品のように車輪を輝《かがや》かせながら私を追い抜《ぬ》いていった。薄汚《うすよご》れたコーヒーゼリーのような街並み。嫌《きら》いになれない光景だ。

今日の仕事は、探偵社の新人にまつわるものだ。芥川という名の新人が、この地に根を張るポートマフィアという非合法組織の本部に乗り込んでいる。それは控《ひか》えめに云って、頭の螺子《ねじ》が外れているとしか云いようのない行動だった。自分の骨をハンマーで砕《くだ》いて動物の餌《えさ》にするほうがまだ常識的だ。ついでに言えば、この新人を探偵社に勧誘《かんゆう》したのは私だった。相変わらず私は、自分で自分の靴《くつ》に画鋲《がびょう》を仕込むような真似《まね》ばかりしている。これはもう宿命的な癖《くせ》なので、受け入れるしかない。

今気にすべきは、私の百倍どうかしている新人の生命の心配だ。

その新人――芥川は、強力な異能者だ。それに修羅場《しゅらば》もくぐり抜けている。奴《やつ》ならあるいはマフィアの防衛能力を撥《は》ねのけ、妹との再会を果たせる可能性もあるだろう。

だが、道はそこまでだ。芥川が生きて日常を取り戻《もど》すことは絶対にない。

ポートマフィアとは、この街の暗い場所に吹《ふ》く夜風のようなものだ。裏路地の一本、溝川《どぶがわ》の一筋に至るまで、その息吹《いぶき》はしっかり行き届いている。仮に芥川が妹を取り戻し、ビルから脱《だっ》出《しゅつ》できたとしても、ポートマフィアは必ず二人を見つけ出し、逆さ吊《づ》りにして道端《みちばた》に晒《さら》すだろう。兄妹《きょうだい》の頚動脈《けいどうみゃく》を切って鉤針《かぎばり》に吊るし、マフィアに楯突《たてつ》いた人間の血液がどのように路上に広がるか、人々に見せつけるだろう。

だから社長は命令を出した。芥川を助けよと。彼が妹の命を救い出し、無事に探偵社に戻れるようにせよと。

私の担当は『脱出の後』だった。

芥川とその妹をマフィアが許すなど有り得ない。面子《メンツ》の問題があるからだ。侵入《しんにゅう》者である芥川を許せば外への面子が潰《つぶ》れ、妹の離反《りはん》を許せば内への面子が潰れる。それを水に流すよう強制するには、金や権利程度では無理だ。では何が要《い》るか。

考えた末、私はひとつの結論を出した。脅迫。それしかない。マフィアの急所となるような情報を摑み、政府機関に渡《わた》すぞと脅《おど》す。そして情報の返却《へんきゃく》を条件に、芥川への報復を取り下げさせる。

それには内部協力者が必要だ。ただの協力者ではない。マフィアの中枢《ちゅうすう》――特にカネの心臓部に近い人間がいい。マフィアにとってカネは血液だ。血液に毒を流し込まれて、無事な生物はいない。

私は黒社会の連中を辿《たど》り、その人物に辿り着いた。マフィアの金庫を預かる会計係だ。組織の資金洗浄《せんじょう》に長い間携《たずさ》わってきた金庫番の老人で、趣味《しゅみ》は盆栽《ぼんさい》と詰《つ》め将棋《しょうぎ》。

先方が指定した待ち合わせの場所は、路地裏にある古い酒場。

時刻は夕暮れ時。まだ開店前だ。だが待ち合わせ相手が手を回していたのか、木製の扉《とびら》は開いていた。

扉を潜《くぐ》り、地下への階段を下りる。暗く乾《かわ》いた地下への階段は、時間を遡《さかのぼ》り過去へと戻る道のように感じられた。店の奥からかすかな音楽が聞こえてきた。

酒場の中は、アナグマの巣のように狭《せま》く、ひっそりとしていた。カウンター、バー・スツール、壁《かべ》に並べられたさまざまな銘柄《めいがら》の酒瓶《びん》。店員はいない。

店の一番奥の席には、既《すで》に待ち合わせの相手が座っていた。

酒の入ったグラスを憂鬱《ゆううつ》そうな目で眺《なが》め、グラスの縁《ふち》に指をすべらせていた。

私は目をしばたたかせた。

「……誰だ、お前は？」

そこにいたのは老人ではなかった。

私の声に、その人物は顔を上げ、長い睫毛《まつげ》越《ご》しに私を見た。

そして見えるか見えないかぎりぎりの微笑《ほほえ》みを浮《う》かべた。

「やァ、織田作。久しぶり」黒い外套《がいとう》を着た青年は云った。「一杯《いっぱい》やるにはまだ早いかな？」


怖《こわ》い。

怖い、怖い、怖い、怖い、怖い。

闇《やみ》の中から、そいつが追いかけてくる。

僕は必死に逃《に》げる。腿《もも》がちぎれようと、肺が破れようと構わない。必死に走る。逃げる。

でもそいつからは逃げられない。何故《なぜ》なら、そいつは僕の頭の中にいる怪物《かいぶつ》だから。

『絶対に、――ては駄目《だめ》だ、敦君』

過去からの声が頭の中で反響《はんきょう》する。誰の声？　太宰さんだ。黒い縛鎖《ばくさ》となって全身にからみつく、呪《のろ》いの声。

『絶対に、――ては駄目だ、敦君』

決して逃げ切れない。

判《わか》っている。そいつはどこまでも追ってくる。

叫《さけ》ぼうにも喉《のど》がない。泣こうにも目がない。僕は全身がばらばらになりそうな恐怖《きょうふ》に怯《おび》えながら、自分から逃げ続ける。

でも、自分からは逃げ切れない。この世の誰も。


敦はマフィアビル内部を疾走《しっそう》していた。

ほとんど獣《けもの》に近い前傾《ぜんけい》姿勢で走り、壁を蹴《け》って廊下《ろうか》を直角に曲がる。階段を跳《は》ねるように駆《か》け上がり、立体的な軌道《きどう》で建物を駆け抜けていく。

敦の頭にあるのは芥川に追いつくこと。つまり鏡花を救うことだけ。他《ほか》のすべては漂白《ひょうはく》され頭の中から消え去っていた。

通路の先に、銃《じゅう》を持ったマフィア構成員たちが移動しているのが見えた。

人数は八人ほど。敦の進行路を塞《ふさ》いでいる。

「退《ド》ケ」

獣の唸《うな》りと共に、敦が一団に突《つ》っ込んだ。

それは颶風《ぐふう》か、砲弾《ほうだん》の通過だった。通過の衝撃《しょうげき》を受けたマフィア員は壁に叩《たた》きつけられ、ほとんど何が起こっているかも判らず気絶した。突進《とっしん》に一瞬《いっしゅん》早く気づいたマフィア員は、反射的に銃を構えた。だが敦が隣《となり》を抜けた直後、持っていた小銃《しょうじゅう》がばらばらの部品となって散った。

そしてそれに気づく間もなく、腕《うで》や胴体《どうたい》から血を噴《ふ》き出した。

厄災《やくさい》の風となって敦が通過した後に、意識を保っていられたマフィア員は皆無《かいむ》だった。

敦は何をしたか、ほとんど意識していなかった。

ただ、前へ。恐怖から逃《のが》れるために。


『絶対に、――ては駄目だ、敦君』

駆ける敦の視界に、芥川の背中が映った。

敦は咆え、速度を上げて突っ込んでいく。

禍々《まがまが》しい声に、芥川が振《ふ》り向いた。芥川は外套をカーテン状に展開し防御壁《ぼうぎょへき》としようとするが、それよりも早く敦は床《ゆか》を砕いて跳躍《ちょうやく》。布を払《はら》いながら、芥川の懐《ふところ》へと飛び込む。

『絶対に、――に行っては駄目だ、敦君』

敦が咆哮《ほうこう》する。

「オオヴゥルルゥヴァァアヴッ!!」

「莫迦《ばか》な――」

唖然《あぜん》とする芥川の顔面を、敦の拳《こぶし》が叩き砕《くだ》いた。

芥川の首が限界まで伸《の》びきる。大型車に撥《は》ね飛ばされたかのように、芥川が広間を飛んでいく。

芥川は壁に叩きつけられ、一瞬意識を刈《か》り取られた。糸の切れた人形のように、前のめりに床に倒《たお》れ落ちる。

倒れ落ちなかった。高速で追随《ついずい》した敦が、芥川の肩《かた》を摑《つか》んで空中で止めたからだ。

獣が咆哮する。

摑んだ肩を壁に押しつける。壁にピン留めされた芥川の胴体に、敦の連続拳が突き刺《さ》さる。

拳、拳、拳、拳、拳。機関銃《きかんじゅう》の連射のように叩きつけられる拳の雨が、芥川の胴体を砕き、背中側の壁に亀裂《きれつ》を走らせる。芥川の体が振り子のように揺《ゆ》れる。

素手《すで》で銃身《じゅうしん》を切り裂《さ》くほどの鋭《するど》さを持つ拳は、生身の人間なら一撃《いちげき》受けただけで即致命傷《そくちめいしょう》になる。

その拳が、芥川の体に無数に降り注いだ。

何発撃《う》っても、敦は攻撃《こうげき》を止めない。見開かれた目には、極大の恐怖。手は震《ふる》え、歯は鳴り、全身から冷たい汗《あせ》が噴き出している。

怖い、怖い、怖い、怖い、怖い。

『絶対に、――に行っては駄目だ、敦君』

敦は攻撃を止められない。止めたくても止められない。恐怖に駆動《くどう》された身体《からだ》は、もはや意志による制御《せいぎょ》を拒絶《きょぜつ》している。

敦のひび割れた魂《たましい》が、悲鳴をあげている。止められない。魂はずっとひび割れ続けている。

一年前のあの時からずっと。

「──た、ぞ──」

敦の拳が、止まった。

芥川の唇《くちびる》が、小さな言葉の形に動いていた。

「判った、ぞ、貴様の──それは、恐怖では、ない」

敦の全身を悪寒《おかん》が貫《つらぬ》く。呼吸が途絶《とぜつ》する。

「貴様の、それは──罪悪感、だ」

敦の視界が真っ白に染まる。

極限を超《こ》えた感情が、脳細胞《のうさいぼう》を焼き尽《つ》くす。

「あ……」

声が聞こえた。師匠《ししょう》の声が。

『首領《ボス》として命令する』過去の声。黒い縛鎖。『絶対に、孤児院に行っては駄目だ、敦君。……いいね？』

……………………。


あの日僕は、命令を破った。

マフィアの命令を。太宰さんからの命令を。絶対に遵守《じゅんしゅ》しなくてはならない命令を。

僕は孤児院を襲撃した。

一年前、僕は既《すで》に遊撃《ゆうげき》部隊の一員として、相当数の部下と情報を動かせる立場になっていた。市警の内部協力者に情報を漏洩《リーク》させることも、傷害事件を個人的にもみ消すことも可能な力を得ていた。

その力を、僕は、一度だけ使った。

過去を焼くために。


どんな人間でも、頭の中にひとりの子供を飼っている。

それは自分だ。暗闇《くらやみ》で泣きじゃくる、幼い頃《ころ》の自分だ。誰《だれ》にも理解してもらえない、誰にも手をさしのべてもらえない、幼い自分。その子供をあやすためだったら、泣き止《や》ませるためなら、人はどんなことだってする。

どんな非道なことだってする。

僕の場合、彼を泣かせる過去の牢獄《ろうごく》を焼き、悪魔《あくま》を殺すことだった。

実を云《い》えば、それはあまりに簡単なことだった。部下を使って一帯を封鎖《ふうさ》し、孤児院を襲撃した。電話線を切断し、駐車車両《ちゅうしゃ》をすべて破壊《はかい》してから、虎《とら》の姿になって寮舎《りょうしゃ》へ突入《とつにゅう》した。

恐怖はあった。でも罪を犯《おか》す恐怖じゃない。僕は院長先生に勝てないんじゃないかという恐怖だ。ひと睨《にら》みされただけで全身から血が噴き出し、心を失って倒れるんじゃないかという恐怖だ。

その恐怖に打ち勝つまで、長い年月を必要とした。何度も計画を練っては挫折《ざせつ》した。

だが今日、僕はその恐怖に勝つ。

勇気を出した理由は幾《いく》つかある。そのうちのひとつは、他人から見れば取るに足らない理由だ。

その日は僕の誕生日だった。だから僕は、本当の意味で僕の生まれた日、もうひとつの誕生日にしたかった。

三年半ぶりに訪《おとず》れた孤児院は、ひどくちっぽけで、みすぼらしく見えた。漆喰《しっくい》の壁《かべ》はひび割れ、道路は舗装《ほそう》もされず土がむき出し、水汲《みずく》み用の井戸《いど》は涸《か》れていた。まるで乾いていくのを待つだけの、野ざらしの白骨のようだった。

それでも、敷地《しきち》を進むたび、記憶《きおく》の痂《かさぶた》が剝《は》がれ、否応《いやおう》なく血が噴き出した。歯が折れるまで殴《なぐ》られた路地。引っ掻《か》きすぎて剝がれた爪《つめ》が、壁に食い込んだままの懲罰《ちょうばつ》室。空腹のあまり忍《しの》び込んだものの、後の罰《ばつ》が怖《こわ》くて出られなくなった食料庫。

このすべてを焼き尽くさない限り、記憶の中の子供は泣き止《や》まない。誰だって簡単に判ることだ。

今日は僕の誕生日だ。今日、僕は牢獄を焼き、もう一度生まれるのだ。

細部まで克明《こくめい》に記憶している孤児院の中を駆《か》け抜《ぬ》け、この地を支配する悪魔の王の居城……院長室へ辿《たど》り着いた。

僕は扉《とびら》を叩《たた》き開けた。

直後、心臓が凍《こお》りついた。

院長が、まっすぐ僕を見ていた。腕を組み、部屋の奥で立っていた。

「遅《おそ》かったな、七十八番」と院長先生は云った。

待ち伏《ぶ》せられていた。

院長の顔には恐怖《きょうふ》も驚《おどろ》きもなく、ただ、いつものあの視線——生徒を見下ろし支配するあの氷の視線があるだけだったからだ。

「僕を、七十八番と呼ぶな」絞《しぼ》り出すように、僕は云った。できるだけ強い声で。

院長は、それすらも見透《みす》かしたような目をして、「卒業式には間に合ったようだな」と云った。

「卒業式？」

その瞬間《しゅんかん》、すぐ後ろの扉が閉まった。頑丈《がんじょう》な鉄扉《てっぴ》が自動的に閉じ、がちゃりと鍵《かぎ》のかかる音がした。

当時の僕は知らなかったが、院長室は自動的に閉まり、鍵がかかるようになっていた。僕が入れたのは、院長があらかじめ鍵を開けておいたからだ。

その時、サイレンが鳴った。

昼食後の掃除《そうじ》時間を知らせるサイレンだ。一瞬《いっしゅん》、体が勝手に掃除を始めそうになるのを、意志の力でこらえる。

「懐《なつ》かしいか？」院長が僕を見下ろして云った。「秩序《ちつじょ》の音だ。何がお前たちを規定するのか知らせる音だ」

「慥《たし》かにそうだ」僕は院長を睨んだ。「この院には時計がない。だから僕たちはこのサイレンの音しか行動を決める手がかりがなかった。これは僕たちを縛《しば》る音だ。そして縛っていたのは、この院で唯一《ゆいいつ》時計を持つ人間。……貴方《あなた》だ」

僕は視線を上げ、壁の時計を見た。古い飴色《あめいろ》の振《ふ》り子時計。

昔と変わらず、神のように秒針を刻んでいる。

「『時計の所有は、確立された一個の意志持つ人間であるという証明だ』」院長は何百回と告げた台詞《せりふ》を暗唱した。「『故《ゆえ》に』――」

「『故に、支配され教育される為《ため》に生きる貴様たちに、時計は必要ない』」僕は台詞の残りを暗唱した。「そう云って貴方は、時計の所有を禁じた。一度蓄《たくわ》えた自分のお金で時計を購《か》おうとした最上級生がいた。彼は追放された。半殺しの目に遭《あ》わされた後で」

「そうだ。だが貴様はそのような愚《ぐ》は犯さなかったな、七十八番。実に従順だった」

そう云って、院長は机の上にあった木箱を手に取った。

見覚えのない白い木箱だ。掌《てのひら》より少し大きく、装飾《そうしょく》はない。

「その箱は何だ」僕の声は震《ふる》えていた。

「決まっておるだろう」院長は平坦《へいたん》な声で云った。「ここから卒業するためのものだ」

待ち伏せ。箱。――厭《いや》な予感が、喉元《のどもと》まで膨《ふく》れあがった。

「卒業？　卒業って何だ。その箱は何だ！　中のもので、僕に何をする気だ！」

箱を持ったまま、院長先生は近づいてくる。全身から冷たい汗《あせ》が噴《ふ》き出す。

箱の中にあるのは武器だろう。

なのに体が動かない。

冷静になれ。僕は必死に自分に云い聞かせた。この近距離《きんきより》で格闘《かくとう》をすれば僕が勝つ。木箱の中身が銃《じゅう》だったとしても、小さな拳銃弾《けんじゅうだん》では僕に致命傷《ちめいしょう》を与《あた》えられない。だが、院長は僕の到来《とうらい》を知っていた。それに僕が虎の力を持っていることも知っていたはずだ。だとすると……。

爆弾《ばくだん》、か？

この密室で爆弾が炸裂《さくれつ》すれば、爆風《ばくふう》が反響《はんきょう》して、殺傷力は数倍に跳《は》ね上がる。高性能爆薬《ばくやく》なら、虎の再生能力が発生する前に僕の頭を砕《くだ》くだろう。

僕は異能の虎を、聴覚《ちょうかく》に集中して発動させた。そして凍りついた。

数倍に増幅《ぞうふく》された聴力《ちょうりょく》が、木箱の中から聞こえる、何かが時を刻む音——かち、かち、という音を聞き取ったからだ。

まずい。

「私の教えを憶《おぼ》えているか？」院長が近づいてくる。『人を守らぬ者に、生きる価値などない』

「やめろ」僕は震えた声で云った。「近づくな」

院長が僕のすぐ目の前に立って、両手を広げた。巨大《きょだい》な支配者。

足が勝手に一歩退《ひ》く。

宿命なのだ。この人には抗《あらが》えない宿命。

違《ちが》う、違う、違う、違う。

抗え、抗え、抗え、抗え。抗え。抗え敦。でないと死ぬぞ。

体の末端《まったん》が勝手に震える。心臓の鼓動《こどう》が大きい。

恐怖。魂《たましい》に刻み込まれた、絶対的な支配者。

「今日この日をもって、私の教育は完了する」

「やめろォ！」

抗え、抗え、抗え、抗え。

抗え！

全身の細胞《さいぼう》が絶叫《ぜっきょう》した。

「うわああっ！」

湿《しめ》った音が響《ひび》いた。

僕の腕《うで》が、貫《つらぬ》いていた。院長の胸を。貫通《かんつう》し、指は背中側まで抜けていた。

「――――、――」

院長が、何かを囁《ささや》いた。

その内容は耳には入ったが、頭にまで届いてこなかった。

頭の中では、真っ赤な警報と共に、「抗え」という単語がまだ反響していた。

「うあああああ！」

僕は院長の体を突《つ》き飛ばし、床《ゆか》に倒《たお》れた相手に馬乗りになった。

殴り、殴り、殴った。おびただしい血液が床に飛び散った。顔の骨の折れる嫌《いや》な感触《かんしょく》が拳《こぶし》に伝わってきても、僕は拳を止められなかった。

やがて、殴るものがなくなり、拳に伝わる感触が床の固さだけになって初めて、僕は拳を止めた。

その時ふと、床に落ちている木箱が、視界の隅《すみ》に移った。

木箱の蓋《ふた》が外れ、中身が床に転がっていた。僕はそれを見た。

腕時計だった。

その傍《かたわ》らには、こう書かれた紙片《しへん》が落ちていた。


〝誕生日おめでとう〟


何だ？

何だ、これは？

何故《なぜ》そんな文字が書かれているのか。何故腕時計なんてものが入っているのか。

――時計の所有は、確立された一個の意志持つ人間であるという証明だ。

新品の時計。この孤児院《こじいん》の経営状態で、これだけ上等な時計を購《か》うのはかなりの負担だっただろう。

――ここから卒業するためのもの。

その時ようやく、院長が最後に発していた言葉が、頭にまで到達《とうたつ》した。

『そうだ。……それでいい』

あの時院長は、広げた手を僕に伸《の》ばそうとした。父親が――抱擁《ほうよう》する時のように。

真実は明らかだった。

でも、どれだけ真実が素早《すばや》く胸を貫いても、頭は何も理解しようとしなかった。

院長は床で死んでいる。

何も云《い》わない。もう二度と。

何故かその時、唐突《とうとつ》に気がついた。

もし仮に、僕がさらに強くなって成長し、どれだけ自慢《じまん》しても、彼は二度と云ってくれないのだ。

よくやったな、と。——やるじゃないか、と。

可能性はあったのだ。彼が生きてさえいれば、いつかは。

でも彼はもう何も云わない。

世界一欲しかった台詞は、二度と手に入らない。

僕が殺したから。

「うあああああああああああああ！」

思い起こせば、不自然なことは幾《いく》つもあった。

僕は自分が人食い虎《とら》だと、ずっと知らなかった。

院長先生も、孤児院の誰《だれ》も、『人食い虎』の正体について、僕に秘密にしていた。孤児院を荒《あ》らし、怪我《けが》人も出した凶暴《きょうぼう》な白い虎。虎が暴れる頻度《ひんど》は決して少なくなかった。だから少なくとも院の先生たちは、その正体に気づいていたはずだ。なのに誰も僕にそれを明かさなかった。

後になって調べて、その理由が判明した。

虎を密《ひそ》かに調べるため、孤児院に来ていた研究者を、虎は殺していた。霧《きり》のように白い長髪《ちょうはつ》と、林檎《りんご》のような赤い瞳《ひとみ》の研究者だ。その死が公《おおやけ》になって、軍警が立ち入れば、災害指定猛《もう》獣《じゅう》にされていた虎、つまり僕は、間違《まちが》いなく縛《しば》り首にされていただろう。

院長先生は、その事件をもみ消した。

研究者の死体を川に流し、持ち物を焼いた。そして誰も研究者など院を訪《おとず》れていないと、院の全員に口裏を合わせさせた。

そして、変身中の記憶《きおく》が僕にないことを確かめると、僕をずっと地下の反省房《ぼう》に閉じ込めていたことにした。

その後も、虎が暴れるたび、院長先生は事後処理をした。周囲に被害《ひがい》が出ないよう、僕が誰も傷つけないよう、地下房に隔離《かくり》した。

だから僕は、虎がどこか遠いところから現れる猛獣だと信じ続けた。

院長は僕を誰より知っていた。

もし僕が自分のことを虎と知っていたら、僕が耐《た》えられないだろうことも。

僕が自分の虎を制御《せいぎょ》し受け容《い》れられる年齢《ねんれい》になるまで、僕を外に出さず守り続けていなくてはならないことも――。


「貴様の、それは――罪悪感、だ」

肩口《かたぐち》を摑《つか》まれ、壁《かべ》に磔《はりつけ》にされた芥川が、喘鳴《ぜんめい》のような声で云った。

「あ……」敦の目が焦点《しょうてん》を失う。「うあ……ああ、ああああ、ああああああっ！」

敦が叫《さけ》び、芥川の体を放《ほう》り投げた。

芥川の体が、空中で放物線を描《えが》いて飛ぶ。不自然な形に折れ曲がりながら落下。さらに跳《は》ねて、建物の端《はし》の窓近くまで転がる。

仰向《あおむ》けに倒れた芥川の体に、敦が着地。芥川を脚《あし》ではさみこむ馬乗りの体勢になり、流星のような両拳の殴打《おうだ》を叩《たた》きつける。

芥川の背中側で、床材《ゆかざい》が放射状に砕けて散る。

もはや芥川の外套《がいとう》は防御《ぼうぎょ》の動作すらしない。

それは人間の領域を超《こ》えた、隕石《いんせき》の連続落下に等しい、圧倒《あっとう》的な破壊《はかい》だった。

「違《ちが》う、違う、違う、違う、違う！」殴《なぐ》りながら敦は喚《わめ》き立てた。「違う、僕は知らなかっただけだ！　僕は、他《ほか》に、方法なんて！」

「弱者にありがちな自己弁護だな」

突然《とつぜん》、芥川が囁いた。

鈍《にぶ》い音。

敦の左腕《ひだりうで》が肘《ひじ》から切断され、血の尾《お》を曳《ひ》いて床に転がった。

「あ……？」

芥川の周囲で、息を吹《ふ》き返したように布刃《ばば》が蠢《うごめ》いた。その直後、刃《やいば》が敦の肩《かた》、腹、喉《のど》、太腿《ふともも》を貫き、槍《やり》のように伸びて背後の壁に縫《ぬ》い留めた。

「かっ――！」

芥川がゆっくりと、幽鬼《ゆうき》のように起き上がった。

全身から出血している。だがその足取りは確かだ。

「何、故……」敦が血の混じった声で云った。「あれだけの、攻撃《こうげき》を、受けて……」

「殴られる直前、己《おのれ》の皮膚《ひふ》直下を異能で切り裂《さ》いた。そして空間断裂《だんれつ》を創《つく》り、打撃《だげき》が肉や骨に浸透《しんとう》するのを防いだのだ」芥川は自分の肌《はだ》を撫《な》でながら云った。「僕の奥の手、最終防御手段だ。よもやこれ程《ほど》早々に使わされるとは想定外だったがな」

敦を突《つ》き刺《さ》した布刃の群れがねじれ、膨張《ぼうちょう》する。肉を掻《か》き回される激痛に、敦が悲鳴をあげる。

「恐怖《きょうふ》と贖罪《しょくざい》を燃料とする異能者よ」芥川は敦へと歩きながら云った。「貴様の恐怖、判《わか》らぬでもない。この世に最悪なものがあるとすれば、それは後悔《こうかい》だ。『あの時ああしていれば』と思いながら生きるのは、地獄《じごく》だ」

言葉を受けて、敦の表情が怯《おび》えに揺《ゆ》れる。

芥川が敦へと近づいていく。その目には剃刀《かみそり》の鋭《するど》さを持った光。

「だが、今この瞬間《しゅんかん》の貴様は、僕《やつがれ》にとって妹への道を阻《はば》む障壁《しょうへき》に過ぎぬ。僕《やつがれ》は二度と後悔せぬ。その為《ため》に貴様を刻み捨て、先へと進ませて貰《もら》う」

芥川の布刃が幅広《はばびろ》の断頭台となって、敦の眼前に掲《かか》げられる。

マフィアビル三十五階、中央制御監視《せいぎょかんし》室。
その薄暗《うすぐら》い部屋の扉《とびら》が開き、息を切らした銀が室内へと入ってきた。
銀は重い足取りでよろよろと歩き、監視《かんし》制御盤《せいぎょばん》に近い壁に手をつくと、そのまま膝《ひざ》の力を失って弱々しく床《ゆか》に座り込んだ。
「兄さん……」銀は壁に頭をつけると、雪山に取り残された人間のように膝を抱《かか》え小さくなった。

　室内は無人で、薄暗い。壁一面に表示された建物内の監視映像の群れだけが、温度のない光を室内に投げかけている。

　その映像のひとつに、芥川と敦が映っている。異能で敦を磔《はりつけ》にした芥川が、今まさに相手の命を奪《うば》おうとしていた。

「兄さん……これ以上は、やめて」かすれた声で、映像の兄に向け語りかける。「これ以上殺したら、貴方《あなた》は生きて戻《もど》れなくなる……」

　銀は震《ふる》えていた。だが、それは寒さのせいではない。

　銀はよろよろと立ち上がり、監視室の制御盤へと向かった。

「たとえ貴方がどんな人間であろうと」銀は弱々しく盤面《ばんめん》の制御鍵《せいぎょかぎ》を回し、番号のついたつまみを動かした。「私は貴方が生きていてくれれば、それでいい」

　そして机に置かれた通話端末《たんまつ》を耳にかけた。

「やめて、兄さん」と銀は通話端末に向けて云った。「そのまま帰って」


『やめて、兄さん』芥川と敦のいる広間に、銀の音声が響《ひび》きわたった。『そのまま帰って』

「銀」芥川が振《ふ》り向き、音の源を探した。「銀、何処《どこ》だ」

『私のことは諦《あきら》めて、帰って』銀の声には、感情の表出を拒《こば》み、押し殺したような平坦《へいたん》さがあった。『判らないの？　貴方に逢《あ》おうと思えば何時《いつ》でも逢えた。私は四年前に誘拐《ゆうかい》されたのではなく、自ら進んで首領《ボス》の——あの孤独《こどく》な人の誘《さそ》いに乗ったのだから。貴方の許《もと》に現れなかったのは、貴方が大事な人間を持ってはならない人だから』

「何？」芥川は狼狽《ろうばい》し、どこからともなく聞こえる銀の声のほうを振り仰《あお》いだ。「どういう意味だ」

『貴方の破壊はマフィアとも違う。マフィアの破壊には意図と合理性がある。でも貴方にはそれすらない。貴方の暴力は、愛する人を巻き込んですべてを破壊する。自分さえも。だって兄さんは』

銀の言葉がそこで一度途切《とぎ》れた。その声は、勇気のようなものを吸い込むだけの時間沈黙《ちんもく》し、そして再び広場に響いた。

『だって兄さんは、悪の側に生まれた人間だから』

芥川の両手が、だらんと下に向かって垂れた。

その顔には、両親からはぐれた子供のような戸惑《とまど》いの表情が浮《う》かんでいる。

「僕《やつがれ》が、悪？　それが戻れない理由？」芥川は当惑《とうわく》した声で云《い》った。「判らぬ、銀。何も判らぬ。お前が何を云っているのか、全く理解出来ぬ」

音声は答えない。

「銀、答えよ！　僕《やつがれ》に何が足りぬ？　どうすればお前を取り戻せる？」

音声はやはり答えない。

既《すで》に通信音声を切ってしまっているからだ。

「判らぬ――銀！　答えよ！　頼《たの》む銀！」

いきなり壁が粉砕《ふんさい》され、破片《はへん》が飛び散った。

芥川が振り向くより疾く、羅生門の布が引き千切られる。獣《けもの》の咆哮《ほうこう》。

そこにいたのは敦ではなかった。人間ですらなかった。

「な――」芥川が驚愕《きょうがく》に目を見開いた。「白虎《びゃっこ》――!?」

小型自動車に匹敵《ひってき》するその巨体《きょたい》が、芥川の体軀《たいく》に叩きつけられる。

重なりあった一人と一匹《いっぴき》は、窓硝子《まどガラス》に激突《げきとつ》して叩き割り、突き破った。

その先にあるのは――何もない空中。

芥川と白虎は、マフィアビルの外へと、その身を躍《おど》り出した。


「久しぶり、と云ったな」私はその男へと歩きながら訊《たず》ねた。「俺と逢ったことがあるのか？」

酒場で待っていた男は、生まれた時から身につけていたという感じの熟《こな》れた微笑《ほほえ》みを浮かべた。

「いいや。初対面だ」、そう云ってグラスの氷をカランと鳴らした。「この店に来たのも初めてだし、ここで酒を飲むのも初めてだし、君とここで逢うのも初めてだよ、織田作」

私は改めて店内を見回した。

煙草《たばこ》の煙《けむり》が染《し》みついた壁《かべ》も、時間経過によってほとんど漆黒《しっこく》に変色した柱も、壁の酒棚《だな》も照明も、どれも等しく長い長い時間の洗礼を受けていた。店内は狭《せま》く、客が入れば通路はすれ違うのでやっとになるだろう。店内の空間をつくるあらゆる要素がひっそりとしていて、そして親密だった。誰《だれ》かと秘密の時間を過ごすために造られた空間なのだ。

店内に小さく響くジャズ音楽が、悲しい別れについての歌を唄《うた》っていた。

悪くない店だ。だが、マフィアの内通者と裏切りの算段をするのに向いた店とは云い難《がた》い。

「ひとつ訊ねたいんだが」私は気になっていたことを訊ねた。「その織田作、というのは俺の呼び名か？」

「そうだよ」青年は困ったような顔をして微笑んだ。「その名で呼ばれたことはない？」

「ないな」私は素直《すなお》に答えた。大抵《たいてい》の人間は、私のことを織田と呼ぶ。そんな妙《みょう》なところで区切った呼び方を一度でもされたら忘れないはずだ。

男は私から視線を外し、うつむいて微笑んだ。それは私にではなく、自分自身に向けられた微笑だった。さらに云えば、他《ほか》にどのような表情をしていいか判らないから微笑みの形をつくっただけ、という風に見えた。

奇妙《きみょう》な男だ。

「ともかく座りなよ、織田作」男は自分の隣《となり》のカウンター席を指差した。「何を飲む？」

「ギムレット。ビターは抜《ぬ》きで」

そして指定された席の隣、男から席ひとつ飛ばした席に腰《こし》掛けた。念のためだ。

男は何かを思うような素振《そぶ》りで隣の席の空白を見下ろしてから、カウンターの内側へと入って酒を作った。そして、私は太宰だ、と自己紹介《しょうかい》した。

太宰と名乗った青年は席に戻り、自分のグラスを掲げて乾杯《かんぱい》の仕草をした。だが私はそれに応じず、また自分の酒に口もつけなかった。この相手が信用に足る人物か、まだ見極《みきわ》められていなかったからだ。

しばらくの間、太宰は黙《だま》って酒を飲んだ。グラスの中で氷が回転する音だけが、台詞《せりふ》の代用品のように響いた。

「織田作。おもしろい話があるんだけど、聞くかい？」不意に青年が、こらえきれなくなったように云った。

「何だ？」

「この前、不発弾《ふはつだん》の処理をしたんだ。ついにね」

私は青年の顔を見た。青年の目は真剣《しんけん》だった。その目は力強く、まっすぐ私に向けられていた。

「念願が叶《かな》った。思わず不発弾を抱えて小躍《こおど》りしてしまったよ！　そのことを、何としても君に伝えなくてはと思ってたんだ」

私は「そうか」と云った。我ながら間抜《まぬ》けな返答だ。しかし相手の台詞がどこに向けて投げられたものか、どのような着地点を目指して発せられたのか、私には全く想像できなかった。

「もうひとつある。君に食べさせようと思っていた堅豆腐《かたどうふ》、あれの改良が完了《かんりょう》したんだ。味も堅さも三割増しだ！　味見のために部下に食べさせてみたら、歯が欠けていたよ。君も食べる時は気をつけたほうがいい！」

「そんなに堅いのか」と私は云った。「となると、それはどうやって食べればいい？」

「実は、私にも判《わか》らない！」そう云って青年は笑った。心底嬉《うれ》しそうに。

笑った青年は、先程《さきほど》までと全く印象が異なって見えた。少年と云っても通るような幼さだ。道に迷った少年が、自分の家をようやく見つけた時のような笑《え》みだった。

「そうだ、大事な話を忘れるところだった。……織田作、聞いたよ。小説の新人賞に通ったんだって？」

これには私も度肝《どぎも》を抜かれた。「一体どこからそんな情報を手に入れたんだ？」

「私に調べられないことはないのだよ」青年は謎《なぞ》めいた笑みを浮かべた。

私は頭を掻《か》いてから云った。

「少し情報が違《ちが》う。小説の練習のために書き散らした駄文《だぶん》が、偶然《ぐうぜん》ある出版会社の人間の目に留まった。それで、きちんとした一本の小説を執筆《しっぴつ》しないか、という誘いを受けているんだ。だが正直なところ、まるで自信がない」

「何故《なぜ》？」

「書きたい物語は一本しかない。それはこの中に収まっている」私は自分の頭を指で叩《たた》いて示した。「だが俺には、それを現実の世界に映し出すために必要な道具も技術もない。小さなピッケル一本で、世界最高峰《さいこうほう》の霊山《れいざん》を前に途方《とほう》に暮れている登山家のような気分だ」

「君は道具をもう持っている」青年は澄《す》んだ目で云った。「君に書けなければ、この世の誰にも書けない。それについては私が保証する。自信を持っていい」

「ありがとう。だがついさっき初めて会った人間に保証されても、説得力がない」

頭に浮かんだことを素直に口にしただけの台詞だった。

青年のグラスがカランと鳴った。見ると、グラスを持ったまま、青年は固まっていた。グラスを持った手も、少年のような表情も、呼吸さえ、凍《こお》りついたように停止していた。

一瞬《いっしゅん》、ありえない想像をした。――目の前の青年が泣き出すような気がしたのだ。だがそんなはずはない。筋の通らない想像だ。

そしてその通り、青年はすぐに元の表情に戻《もど》って、「その通りだね」と頷《うなず》いた。「私がどうかしていた。忘れてくれ」

青年の顔からは、先程の少年めいた幼さは消えていた。

少し考えたあと、私は本題を切り出すことにした。

「俺の部下が危機にある」と私は云《い》った。「既に大筋は聞かされていると思うが、マフィア本部ビルで少々厄介《やっかい》事を起こしている。死なずに五体満足で出てこられたら、それだけで奇跡《きせき》だ。だが生きて戻っても、マフィアに絶えず命を狙《ねら》われることになる。それを防ぐために、俺はここにいる。貴方《あなた》と何か有益な取引ができることを期待して」

青年はじっと私を見ていた。千年先の未来から送られてくるような視線だった。

それからぼそっと、低い声で云った。

「芥川君は、いい先輩《せんぱい》に巡《めぐ》り合えたようだね」

「何？」

「芥川君については、何の心配もない。明日《あした》以降、彼の身をマフィアが狙い傷つけることは一《いっ》切《さい》ないと約束しよう。例外も留保事項《じこう》もなしの、完全なる平穏《へいおん》だ。……というか、最初からそうするつもりだった。もし彼が生きて建物を出られたのならね」

私は動かず、じっと青年を見た。

最初からそうするつもりだった、と彼は云った。その台詞を聞いて、私にある考えが生まれた。かなり突飛《とっぴ》な考えだ。だがすべての辻褄《つじつま》は合う。

そこで私は、大胆《だいたん》なかまをかけてみることにした。「何のために芥川をマフィアビルに招き寄せたんだ、太宰？」

その台詞で、青年の表情にわずかなヒビが入った。ほんの一瞬だけ、心臓を貫《つらぬ》かれたような驚《おどろ》きの気配が青年の顔を通りすぎた。だが一瞬だけだ。すぐに青年は、二千年を生きた仙人《せんにん》のような微笑みの表情に戻っていた。

「気づいたんだね」と青年は云った。

「まぐれ当たりだ」私は首を振《ふ》った。「とはいえ一応の根拠《こんきょ》はある。お前は芥川の名を知っていた。芥川に関する取引であることは、まだ話していないはずなのに。それに、最初から芥川に報復する気はなかったとお前は云った。つまりお前は芥川がマフィアビルに侵入《しんにゅう》することをあらかじめ知っていた訳だ。そんな予測が可能なのは一人だけ。探偵社《たんていしゃ》に手紙と写真を送りつけた、マフィアの首領《ボス》だ」

私はグラスを机に置いた。

そしてその隣に、懐《ふところ》から取り出したそれを並べて置いた。

太宰の視線がそれに注がれた。

「……それは何だい？」

拳銃《けんじゅう》だった。

銃口《じゅうこう》が、太宰を狙っている。

「交渉《こうしょう》の終わりを告げる添《そ》え物だ」私は平坦《へいたん》な声で云った。「大砲《たいほう》を向けていても不安な相手だが、生憎《あいにく》手持ちがこれしかない」

古いが手入れの行き届いた銃だ。相棒といえるほど長い間愛用している。この銃ならば、目を閉じて撃《う》っても標的に命中する。

その銃は青年の気に入らないようだった。青年は何かをこらえるような顔で拳銃を見た。

「銃をどけてくれ」

「できない相談だ。相手が悪い」私は銃の引き金に軽く指をかけて云った。「この街の夜の化《け》身《しん》、ポートマフィア首領《ボス》が相手だからな。この会合自体がマフィアの罠《わな》かもしれないとなれば尚更《なおさら》だ」

「なりたくて首領《ボス》になったんじゃない」青年の視線が私を貫いた。「本当だ」

その目があまりに真剣だったので、私は反射的にその言葉を信じそうになった。だがあの伝説に名高いポートマフィア首領《ボス》なら、私のような三文探偵を騙《だま》すのは呼吸より簡単なはずだ。

私は銃を握《にぎ》りなおした。

「どうやら芥川を助けるためには、別の手を捻《ひね》り出さなくてはならないようだ」と私は云った。

「俺が生きてこの店を出られるとすれば、の話だが」

「君を罠にかけるなんて考えもしなかったよ」と青年は云った。

これも本心を云っているように聞こえた。全く、こうなってはもはや私の眼力は少しもあて

にならない。自分の眼《め》を潰《つぶ》して交渉したほうがまだ生き延びる目がありそうだ。

「織田作。何故芥川君をマフィアに招いたか、と訊《き》いたね」と云った。「それは、この世界を守るためだ」

「この世界?」

「この世界は無数にある世界のひとつでしかないんだよ」そう云って、訴《うった》えかけるような目で私を見た。「そして別の――本来の世界で、私と君は友人同士だった。この酒場で酒を飲み、下らない話をして過ごした」

私はその可能性について考えてみた。「仮にそうだとしても」と私は云った。「お前が今回芥川にしたことが消える訳ではない」

青年は何か云おうとしてうまくいかず、言葉を詰《つ》まらせながらどうにか云った。「織田作、聞いてくれ、私は」

「俺を織田作と呼ぶな」自分でも意外なほど鋭《するど》い声が出た。「敵にそんな風に呼ばれる筋合いはない」

青年は急に、うまく呼吸ができなくなったようだった。

表情が歪《ゆが》み、視線が空中に意味のない図形を描《えが》いた。

口が開かれ、閉じられた。目に見えない何かと戦っているのだ。

「大変だったんだ」青年はぽつりと云った。「本当に大変だったのだよ。君のいない組織でミミックと戦い、森さんの後をやむなく継《つ》ぎ、すべてを敵に回して組織を拡大した。すべてはこの世界の――」

太宰の台詞《せりふ》は、あえぐような吐息《といき》と共に空中に消えた。感情の残滓《ざんし》が空中に漂《ただよ》った。

しばらくの間、どちらも何も云《い》わなかった。

沈黙《ちんもく》が落ちた。店内音楽が、悲しい旋律《せんりつ》のピアノ曲にあわせて、優《やさ》しくさよならの曲を奏《かな》でていた。

「君をここに招いたのは、最後にさよならを云うためだ」随分《ずいぶん》間があいた後で、青年は云った。「さよならを云うべき相手がいる人生は、善《い》い人生だ。そのさよならが心底辛《つら》くなる相手なら、云うことはない。違《ちが》うかい？」

私はしばらく考えてから、その通りだ、と云った。

太宰はほんの少しだけ安堵《あんど》の表情を浮《う》かべて、席を立った。

「もう行くよ」太宰は静かに銃口を見て、それから私を見た。「撃ちたければ撃っていい。でももし贅沢《ぜいたく》が許されるなら、ひとつ頼《たの》みたい。この店でだけは銃を使わないでくれ。ここ以外の場所でなら、どこで撃っても構わないから」

私は太宰を見た。

自分でも何故《なぜ》だか判《わか》らないが、その頼みを聞く気になった。私は銃を懐に戻《もど》した。

「ありがとう」太宰は少し微笑《ほほえ》み、背を向けて歩き出した。「さよなら、織田作」

太宰は二度と振《ふ》り返らず、店の階段を上っていき、やがて視界から消えた。

ドアを閉じる音が、静かに店内に響《ひび》いた。


空中を、芥川と虎《とら》が落下する。

「ち——」

空中の芥川は羅生門の布を展開した。高さは地上三十階。まともに落下すれば、どんな強靭《きょうじん》な肉体でも耐《た》えられない。ビルの壁面《へきめん》に刃《やいば》を突《つ》き刺《さ》し、体重を支えるしかない。

だがかなりの勢いで叩《たた》き出されたため、壁《かべ》までの距離《きょり》は何メートルも開いている。芥川はすべての布刃《ば》を壁に向けて展開した。

飛翔《ひしょう》した布の先端《せんたん》が、外壁《がいへき》へ届こうとする。——あと少し。

そこに、外壁を蹴《け》った虎の体当たりが突き刺さった。

「がはっ……!」

芥川が吐血《とけつ》する。全身の骨が軋《きし》む。十倍近い体重のある白虎《びゃっこ》の体当たりを受け、芥川の身体《からだ》が壁面から離《はな》れた。もはや建物は遥《はる》か遠い。

前後左右、どこを見回しても手がかりひとつない、完全な空の只中《ただなか》だ。

時刻は夕刻。燃えるような夕闇《ゆうやみ》の空を、芥川は落ちていく。

羅生門は強力な異能だが、己《おのれ》の衣服を変形させる以上、どうしても射程距離という制約が発生する。異能のすべてを注ぎ込んで布を伸《の》ばしても、届くかは判らない。しかし、やるしかない。

そうしようとした。だが虎が許さなかった。

虎の牙《きば》が、芥川の肩《かた》を上下から貫《つらぬ》いた。

「ぐあああああっ！」

巨大《きょだい》な顎《あご》が肩口《かたぐち》に食《く》らいつく。血がしぶく。虎の顎の中で、骨が砕《くだ》ける音が響く。

骨折。重要な血管の損傷。

ここで虎が軽く力を加えて首を振れば、肩は簡単に食いちぎられるだろう。芥川は異能の布を肩の皮膚《ひふ》下にすべり込ませ、即席《そくせき》の鎧《よろい》とした。超越《ちょうえつ》的な虎の咬筋《こうきん》力と、空間すら裂《さ》く芥川の異能が拮抗《きっこう》し、軋みを立てる。

その間も、二者の体は自由落下し続けている。高度は既《すで》に二十階を下回った。

「くそ……！」

芥川は毒づいた。このまま地面に激突《げきとつ》しても、虎は——敦は生き延びるだろう。強靭な身体と、異常な再生能力があるからだ。だが自分は確実に死ぬ。

空間断絶を使えば、地面と激突する衝撃《しょうげき》そのものは遮断《しゃだん》できる。だがそれでも、高速落下している自分の体が墜落《ついらく》の瞬間《しゅんかん》に急停止する、その事実は変えられない。それだけの速度変化が一瞬《いっしゅん》で体にかかれば、脳や内臓は負荷《ふか》に耐えきれずに潰れるだろう。頑丈《がんじょう》な箱に入れた洋菓子《ようがし》でも、床《ゆか》に落ちれば潰れるのと同じ理屈《りくつ》だ。

となると、その前に壁面に布を伸ばすか。それも無理だ。一瞬でも防御《ぼうぎょ》を解けば、肩を食いちぎられる。そうなれば落ちる前に死ぬ。

結論。

死の他《ほか》に結末はない。

「……させるか」芥川が血の混じった声で咆えた。「させるか、させるか、させるか！　僕《やつがれ》は死なぬ！　僕《やつがれ》は生きて妹を」

――貴方《あなた》の許《もと》に現れなかったのは、貴方が大事な人間を持ってはならない人だから。

芥川の声が止まった。

「僕《やつがれ》は、妹を」

――お前は善い側の人間にはなれない。見れば判る。

「違う」

――少女を人質《ひとじち》に取って脅迫《きょうはく》し、己の欲しか見ず、目的もいつの間にか破壊《はかい》の欲望《よくぼう》へと変わる。それがお前だ。

「違う！　違う、違う、違う！」

──復讐《ふくしゅう》だって？　そのためなら死んでもいいだって？　君が死んだ後──遺《のこ》された妹さんがこの街でどんな目に遭《あ》うか、想像すらできていないのか？

「それは」

──だって兄さんは、悪の側に生まれた人間だから。

芥川の口から、あえぐような囁《ささや》き声が漏《も》れた。

「それは……」

ああ。

今、ようやく判った。

銀が云っていたのは、こういう事だったのだ。

僕《やつがれ》の許に戻れぬとは、そういう事だったのだ。

芥川の表情から、強張《こわば》りが消えた。

虎の体毛を摑《つか》んだ指から、力が抜《ぬ》けた。

一人と一匹《いっぴき》は落下し続ける。

奈落《ならく》に向かって。

静寂《せいじゃく》を、一筋の風切り音が貫いた。

芥川のすぐ横を、建築用の鉄骨材が飛翔して抜け、マフィアビルに突き刺さった。

「なっ」

驚愕《きょうがく》した芥川が、鉄骨を見る。

何の変哲《へんてつ》もない鉄骨材だ。だが見間違《みまちが》いでなければ、その鉄骨は建物と逆側、街のほうから飛んできた。そんなものが飛んでくる源となるようなものは、逆側には何も――。

――否《いな》。

いくつかの通りを挟《はさ》んだ向こう、建設中の高層建築物。その中階層に、誰《だれ》かがいた。

鉄骨を小脇《こわき》に抱《かか》えている。

「これに！　摑まって！　くださーい！」

大声で叫《さけ》ぶ人物は――探偵《たんてい》社員の、宮沢賢治だ。

賢治は鉄骨を持ち上げ、槍投《やりな》げの選手のように肩に載《の》せた。そのまま助走をつける。

「真逆《まさか》」芥川は目を見開いた。「あの距離、から？」

「とおおおぅっ！」

賢治が鉄骨を投擲《とうてき》した。

大人の背丈《せたけ》の二倍はあろうかという鉄骨が、空を裂いて通りの向こうから飛翔してきた。

砲弾《ほうだん》のような軌道《きどう》を描《えが》いて鉄骨が芥川のすぐ足下《あしもと》を抜け、マフィアビルの外壁に突き刺さった。壁面が破砕《はさい》され、建物全体が震動《しんどう》する。

　これならば——届く。

　芥川は朦朧《もうろう》とする意識を集中させ、その鉄骨に向けて布を伸ばした。

　手持ちの布を総動員すると、鉄骨の先端にどうにか届いた。布を鉤爪《かぎづめ》のように曲げ、引っかけて固定する。

　芥川の体に横向きの力が加えられた。異能の布に引っ張られ、壁面へと接近していく。

　虎《とら》が咆えた。芥川を逃《に》げさせまいと、今度は首筋を狙《ねら》って顎を開く。

「羅生門——棘《イバラ》」

　防御に使われていた芥川の異能布が、虎の口の中で無数の針に変化。爆発《ばくはつ》的に成長し、顎の内側から顔を貫いた。無防備な口の中を貫かれた虎は、悲鳴をあげて口を開く。

　芥川が鉄骨に摑まって振り子のように移動し、壁面に横向きに着地した。布を緩衝材《かんしょうざい》のように使って衝撃を殺しつつ、刃で壁を刺して己の体を固定する。

　絶体絶命の危機を、間一髪《かんいっぱつ》のところで回避《かいひ》した芥川が、小さく息をついた。

　虎がこのまま落下すれば、相当の時間が稼《かせ》げる。妹を連れて建物を脱出《だっしゅつ》する程度の時間はあるだろう。

　芥川は振り向いて虎の姿を確認《かくにん》した。

　虎はいなかった。空中のどこにも。

「何っ」

次の瞬間、芥川の身体《からだ》が来た方向へと強く引っ張られた。

壁《かべ》に布刃《ばつ》を突《つ》き立ててこらえながら振《ふ》り向くと、芥川の布の一端《いったん》を、人影《ひとかげ》が摑んでいた。

「逃がさない」敦だった。虎から人間の姿に戻《もど》り、芥川の攻撃《こうげき》を逆に摑んでいたのだ。「逃がさないぞ芥川。お前だけは」

布が強く引かれた。

敦の体重が芥川の全身にかかるが、芥川は耐《た》える他に何もできない。

敦もまた振り子運動をしながら壁面《へきめん》に着地した。手足の指を虎の爪《つめ》に変えて食い込ませ、己の体を固定する。

マフィア本部ビルの壁面で、二人の異能者が対峙《たいじ》していた。

四足獣《じゅう》のように手足をビル壁面についた敦。

外套《がいとう》の布刃を壁に突き刺《さ》し、斜《なな》めに壁面に立つ芥川。

「お前を、一秒も、生かして、おけない」敦が芥川を睨《にら》んだ。その目には恐《おそ》れが宿っている。

「院長との約束を、守らなくちゃならないから」

切断された敦の腕《うで》はいつの間にか再生し、元通り無傷の状態に戻っている。虎の再生能力がもたらす超《ちょう》再生だった。

「あれ程《ほど》刺し貫《つらぬ》いても、まだ無傷に、戻るか」芥川は肩《かた》を押さえながら荒《あら》い息をついた。「これが、ポートマフィアの、白い死神……」

虎の牙《きば》に貫かれた肩口の傷は、異能の布で緊急《きんきゅう》処置をしてある。それでも、流れた血が戻ってくる訳でも、骨が元通りになる訳でもない。

芥川の身体そのものは、脆弱《ぜいじゃく》な一般《いっぱん》人に過ぎない。無限の再生能力を持つ敦とこのまま戦い続ければ、傷の失血から集中力を失い、やがて死ぬ。

――強い。

敦の強さには背骨がある。強靭《きょうじん》な異能、そして四年半の間鍛《きた》えられ経験を積み続けた経歴、そして何より、戦う動機がある。それは呪《のろ》いに等しい過去からの呼び声。後悔《こうかい》という強心剤《きょうしんざい》。

それが自分にはあるか？

妹を救いたい。そのはずだった。その誓《ちか》いは正しく、強く、どのような堅牢《けんろう》な砦《とりで》も誓いの意志だけで貫き壊《こわ》せるはずだった。

だが。

「虎よ、貴様は敵だ。僕《やつがれ》は貴様を殺したい」芥川は苦痛の表情を浮《う》かべて云《い》った。「だが、目の前の敵を刻み捨てるしか思い至らぬこの本性《ほんしょう》が、妹の云う『悪』なのだとしたら――僕《やつがれ》はどうすればいい？　己《おのれ》自身を、どうすればいい？」

――己という獣を追うな。

織田先輩《せんぱい》はそう云った。

彼には判《わか》っていたのだ。己の中には巨大《きょだい》な獣が棲《す》んでいることを。四年半前のあの日、『心なき狗《いぬ》』が初めて感情を得た時に生まれた、邪悪《じゃあく》な獣があることを。それが妹を見捨てさせ、己を死地に誘《いざな》い、すべてを崩壊《ほうかい》させた。

だから、『黒衣の男』は自分を誘《さそ》わなかった。

「うおおおおおあああああっ！」

芥川は咆え、前方に駆《か》け出した。

応じるように敦が壁面を蹴《け》る。

衣刃を靴《くつ》裏に集中させ、壁を垂直に走りながら突進《とっしん》する。獣の疾走《しっそう》で来襲《らいしゅう》する敦と、中央で激突《げきとつ》。

芥川の衣服の裾《すそ》が変化した。

「羅生門──銀狼咬《ぎんろうこう》！」

肘《ひじ》から先が巨大な狼《おおかみ》の頭部となり、振り抜く拳《こぶし》とともに放たれた。とっさに両腕《りょううで》を掲《かか》げて防御《ぼうぎょ》する敦の両腕ごと、上下の顎《あご》で食《く》らいつく。銀の牙が腕を貫通《かんつう》する。

「ぐぁっ」敦が苦鳴を漏らした。

銀狼が蠕動《ぜんどう》し、巨大化していく。

戦い続ければ失血死する芥川にとって、勝てる見込みはただひとつ。相手の得意な近距離《きんきょり》に敢《あ》えて飛び込み、異能の全力を注ぎ込んで短期決戦に持ち込む。それしかない。

「ぐぬ……！」

「ぎいっ……！」

限界を超《こ》えた異能使用で止血が緩《ゆる》み、芥川の全身から出血する。それでも攻撃の力は緩めない。狼が巨大化し、牙列《がれつ》がさらに増える。

狼の顎が、みしり、と鳴った。

「な」

狼の口が開いていく。内側から敦が、両腕でこじ開けようとしているのだ。

「邪魔《ジャマ》ヲスルナ」敦の眼球が、黄色い光を宿して炯々《けいけい》と輝《かがや》く。「邪魔ヲスルナ、僕ハ、院長先生トノ約束ヲ、守ル、ルウゥゥッ、ゥアアアアッ!!」

敦の腕が振り抜《ぬ》かれた。

狼の顎が砕《くだ》かれ、異能が霧消《むしよう》した。

「莫迦《ばか》な——！」

「邪魔ヲスルナアァァァッ！」

至近距離から突き上げる、敦の右拳。

——空間断絶、否、間に合わぬ！

三重に展開した衣《ころも》の緩衝剤《かんしようざい》を貫いて、敦の拳が芥川を吹《ふ》き飛ばした。

垂直上方に吹き飛ばされた芥川の体が、ビルの混凝土《コンクリート》を砕き、硝子《ガラス》片を撒《ま》き散らしながら上《じよう》衝撃《しょうげき》に意識を失い、壁に叩《たた》きつけられた激痛で意識を取り戻し、さらに壁を削《けず》り上昇する痛みで意識を失い、また痛みに意識を取り戻す。

昇《しょう》していく。

一気に十階層近くを吹き飛ばされた芥川は、消滅《しょうめつ》しかけた視界の端《はし》に、その姿を捉《とら》えた。

敦が、獲物《えもの》を追って、ビル壁面を垂直に駆け上ってくる姿を。

白い死神が咆哮《ほうこう》する。

「オ前ヲ、倒《タオ》スゥゥルゥアァッ！」

敦が拳を振りかぶる。

超衝撃《ちょうしょうげき》の拳が叩きつけられる寸前——芥川の衣が反応した。

壁面に衣刃を突き刺した反動で、芥川の体を壁から遠く離《はな》れさせる。

芥川を砕くはずだった敦の拳が壁に衝突《しょうとつ》。壁材が無数の瓦礫《がれき》となって吹き飛んだ。

「僕ハ、約束ヲ守ル！」敦が叫《さけ》ぶ。「守ル限リ、アノ人ハ、死ナナイィィィッ！」

絞《しぼ》り出すような敦の絶叫《ぜっきょう》が、空気を振動《しんどう》させる。

その叫びに、布に支えられて空中に浮かんだ芥川が、薄《うす》く目を開いた。

「羅生門——」ほとんど目を閉じたまま、腕を掲げ、囁《ささや》くような声で告げた。「——霧雨《キリサメ》」

芥川の全身から、糸のように細い刃が無数に射出された。

細くとも空間を裂《さ》く強度を持った極細《ごくぼそ》の針が、群れとなって敦を襲《おそ》う。超反応速度で回避《かいひ》する敦の足下《あしもと》を、針の驟雨《しゅうう》が貫いていく。まるで水面でも叩くかのように壁材が破壊《はかい》される。

針の雨を嫌《きら》って、敦が上方へと回避。異能の糸で体重を支えた芥川が、空中を浮遊《ふゆう》するかのように敦を追っていく。その目はほとんど閉じられ、微睡《まどろ》みのような表情を浮かべている。

二人の体が、ついにビルの頂上に到達《とうたつ》した。

屋上は平坦《へいたん》なヘリの発着場になっていた。ヘリの機体そのものはない。あるものといえば赤い誘導灯《ゆうどうとう》と着陸誘導の塗装《とそう》だけの、完全な平面だった。

敦が屋上の縁《へり》を掴《つか》み、回転するように屋上へと到達する。

それを追って、芥川が下から姿を現した。

無数の糸をビルに突き刺し、優雅《ゆうが》に浮いている。表情は眠《ねむ》っているかのような無表情。身体の周囲に異能の糸が、異形の鬣《たてがみ》のように蠢《うごめ》いている。

その背中には、沈《しず》みかけた灼熱《しゃくねつ》の夕陽《ゆうひ》の赤。

赤い空を背負って現れた芥川はまるで、この世の終末を告げるため現れた魔王《まおう》だ。

「芥川……」敦が魔王を睨む。「お前を、斃《たお》す！」

敦が跳《と》んだ。

空中の芥川に向けて斜めに直線上昇。神速の右拳が、芥川の顔面めがけて突き刺さる。

顔を砕くぎりぎり直前で、敦の拳は空間断絶に阻《はば》まれた。

万物《ばんぶつ》を遮《さえぎ》る空間そのものの切断面。どんな攻撃《こうげき》も、その断絶を越《こ》えることはできない。

だが。

「オオオおおああっ！」

断絶面に――ヒビが入った。

敦の全身の筋肉が膨《ふく》れあがる。拳に異能の力が集中し、断絶という異能現象そのものを食い破ろうと殺到《さっとう》する。

「うぅうおオォぉああァァ――！」

力同士が激突する圧で、二人の衣服がはためく。敦の外套《がいとう》が吹き飛び、中から無線機が転り落ちた。

ヒビが広がる。断絶が砕けていく。

「オォおおぉ……、ぉ、な……これ、は……」

敦はその時、信じられないものを見た。

間近に迫《せま》った芥川は、完全に目を閉じている。呼吸はごく浅く、全身が脱力《だつりょく》している。戦闘《せんとう》の緊張《きんちょう》などどこにもない。

芥川は既に気絶していた。

限界を超える戦闘で力を失い、残滓《ざんし》となった戦闘の意志だけが異能を駆動《くどう》しているのだ。

「お前、それほど、までに……」

敦の目が驚愕《きょうがく》に見開かれる。

だが次の瞬間《しゅんかん》、瞳《ひとみ》に再び闘志《とうし》の炎《ほのお》。

「なら、もう……終わりにしてやる！」敦の筋肉がさらに蠕動する。「うぉおおおおああっ！」

甲高《かんだか》い音と、閃光《せんこう》が噴出《ふんしゅつ》し——空間断絶が叩き砕かれた。

ついに拳が顔面を捉える。

隕石《いんせき》落下のような衝撃波《しょうげきは》と共に、芥川は吹き飛ばされた。

床《ゆか》に激突し、床材を撒き散らしながら転がる。屋上の縁まで転がって、ようやく止まった。

完全な一撃《いちげき》だった。これまでのどんな攻撃よりも、芥川に与《あた》えたダメージは大きかった。

敦が、静かに芥川へと歩いた。

倒《たお》れる芥川に意識はない。自律防御していた異能も、もはや限界を超え、布の刃を形成しようと蠢いては力が足りず自壊《じかい》を繰《く》り返している。

「とどめだ」

敦が己《おのれ》の指から、虎《とら》の爪《つめ》を伸張《しんちょう》させる。

倒れる芥川のすぐ隣《となり》には、遥《はる》か地上まで続く空。

気を失った芥川の顔に、もはや険しさはない。

彼の耳に聞こえるのは、ただ空の上を抜ける風の音だけ。

「国木田さーん！　もう一本投げてもいいですか？」

「待て、賢治！　芥川たちの位置が高すぎる！　ここからではどう狙《ねら》っても芥川に中《あた》る！」

マフィア本部ビルの向かい、建設中の建物の中階層で、賢治と国木田が叫んでいた。

双眼鏡《そうがんきょう》を使って、国木田が芥川たちの位置を確認《かくにん》している。賢治は鉄骨を担《かつ》ぎ、次の指示を待っている。

「くそ……芥川が動かんぞ！　だがこれだけ距離があっては、掩護《えんご》のしようが……」

国木田たちは社長の勅令《ちょくれい》を受け、芥川掩護のためにここに来ていた。

だが先程《さきほど》のように鉄骨の投擲《とうてき》で掩護しようにも、屋上にいる芥川たちに精確な掩護を届けるのは不可能だ。

国木田が食い縛《しば》った歯の奥で唸《うな》った。

「何か……手はないのか……！」


芥川は目を閉じていた。

痛みも苦しみもなかった。

戦闘は厚い膜《まく》を隔《へだ》てた向こう、遠いどこかの出来事であり、意識の闇《やみ》の中には小さな光の揺《ゆ》らぎひとつ入り込まなかった。

芥川は思う。自分は間もなく死ぬ。だが何も感じない。何も思わない。

芥川は、かつて織田に云《い》った。自分には、殺したい人間が二人いると。

一人は、黒衣の男。

妹を誘拐《ゆうかい》し、長い間隔離《かくり》した憎《にく》むべき男。

そして、もう一人。

その男の名は、芥川龍之介。

短見により妹を失わせた男。仲間の仇《かたき》を取ると云いながら殺戮《さつりく》の愉悦《ゆえつ》に耽《ふけ》り、命を無駄《むだ》に使った、最悪の男。邪悪《じゃあく》な敵にして悪。

四年半前のあの夜——心なき狗に最初の感情が芽生えた夜、同時に生まれた獣《けもの》。

芥川は思う。織田先輩《せんぱい》の云う通りだ。己という獣を追ってはならない。何故《なぜ》なら、勝てないからだ。自分自身に勝てる人間など存在しない。

だが、引き分けに持ち込むことはできる。

このまま目を開かなければ、虎の爪が己の首を切り落とすだろう。

それで復讐《ふくしゅう》は終わる。

それで初めて、心おきなく眠ることができるのだ。

どん底で育ち、誰《だれ》にも頼《たよ》られず、誰にも顧《かえり》みられず、絶望と怨嗟《えんさ》の中でのたうち回るしかなかった自分が。

ようやく救われる。

ようやく仲間と同じ場所へ行くことができるのだ。

ならば、もう――。


その時、声が聞こえた。

『探偵《たんてい》社員は諦《あきら》めん。立て、芥川』

目を開くと、目の前に無線機が落ちていた。先程の戦闘で、敦の懐《ふところ》から落ちた無線機だ。

そこから声が聞こえる。

『鉄線銃《ワイヤーガン》でマフィアビル中階にある警備室に直接突入《とつにゅう》した。そこから通信している』音声の裏で、賢治の声、破砕《はさい》音、それに銃声《じゅうせい》が聞こえる。『立て芥川。知らないならば教えてやる。救い出すべき誰かがいる時、探偵社員はこの世で最強の存在となるのだ』

僕《やつがれ》は探偵社員ではない。

そう云おうとするが、声が出ない。

本質的に『悪』である己に、探偵社員となる資格はない。

『お前は悪ではない』芥川の内心を見透《みす》かしたように、国木田は云った。『まだ何者でもないだけだ。善き側に立て、俺たちと共に。――お前を正式に合格とする。今この瞬間から、お前は探偵社員だ』

芥川が目を見開いた。

眼前には、今まさに振《ふ》り下ろされようとしている虎の爪がある。

白く輝《かがや》く鋭利《えいり》な虎爪が、まるで一片《いっぺん》の雪のようにゆっくりと降りて見える。

──探偵社員だと強く信じた瞬間から、君は探偵社員なんだ。そのことが君に、必ず力をくれる。君はそれを信じるだけでいい。

「──ぉ──ぁ、ぉぉ」

芥川が目を見開く。喉《のど》から唸りが漏《も》れる。

「ぅうぉおおお、おおおおおおおああああっ！」

全身の布が爆発《ばくはつ》的に伸張し、芥川の右腕《みぎうで》へと縒《よ》り合わさる。

起き上がる勢いで、その右腕を振りかぶる。

振り下ろされる敦の拳《こぶし》と。

振り上げられる芥川の拳が。

「羅生門──龍穿槍《りゅうせんそう》！」

両者の拳が激突《げきとつ》した。

正面から衝突《しょうとつ》したふたつの力の奔流《ほんりゅう》が、相手を食い破ろうと空間を暴れ回る。

衝撃《しょうげき》で、屋上の床が剝《は》がれ放射状に吹《ふ》き飛ばされていく。

「ぐぁ……っ！」異能を全開にした敦が呻《うめ》く。「まさ、か……、更《さら》に……!?」

芥川の拳に集まった衣刃《ころもば》の群れが、さらに膨張《ぼうちょう》し変化する。

「羅生門——」

芥川の拳が白く輝く。相転移された異能が、周辺空間の物理定数に干渉《かんしょう》しはじめているのだ。

膨大《ぼうだい》な衝撃波が一点に集束。

「——**銀絶波濤《ぎんぜつはとう》!!**」

芥川が拳を振り抜《ぬ》いた。

同時に銀色の衣の奔流が、敦の拳を包み込み押し流し喰らい尽《つ》くす！

「うおおおおおあああぁぁァァァッ!?」

敦の首輪が、衝撃の奔流に包まれて砕《くだ》け散った。

屋上が銀色の光に包まれた。

震動《しんどう》が建物を伝い、地震《じしん》のように室内の備品を揺らし落とした。

大砲《たいほう》が着弾《ちゃくだん》したかのようなその衝撃音と光芒《こうぼう》は、横浜のどこにいても感じ取れる程にすさまじいものだった。

衝撃が収まり、飛散した瓦礫《がれき》が転がり止まった頃《ころ》。

塵《ちり》と瓦礫に包まれた屋上には、動くものはいなかった。

敦は倒《たお》れていた。衣刃に右腕から全身を破壊《はかい》され、立ち上がる力も残っていない。

虎《とら》を制御《せいぎょ》していた首輪が破壊されたことにより、再生能力が極端《きょくたん》に低下していた。脈搏《みゃくはく》を維《い》持《じ》するだけで精一杯《せいいっぱい》だ。

芥川は立ち尽くしていた。限界を超《こ》えた出血と、神経が焼き切れるほどの異能の連続使用で、立っているだけでやっとの状態だ。だが気を失ってはいない。

全身傷だらけの体を引きずりながら、どうにか敦の許《もと》へと歩く。

「殺……せ」敦が喘鳴《ぜんめい》を繰《く》り返しながら云った。「先生との約束を、これじゃもう、守れない……せめて、この命で、償《つぐな》いを」

敦の表情が、痛み以外の感情に歪《ゆが》んだ。

敦に抵抗《ていこう》の力は残されていない。今なら容易にその命を絶てる。

芥川は敦のすぐ隣《となり》に立ち、冷酷《れいこく》な目で敦を見下ろした。

「善《い》いだろう」

芥川の靴《くつ》先が、敦の首を踏《ふ》みつけた。体重がかかる。

「ぐ、は……っ」

血管と気道が圧迫《あっぱく》され、敦の顔が苦痛に歪む。だが手を上げて抵抗する力すら残されていない。

このまま体重をかけ続ければ、血流遮断《しゃだん》と酸欠により、容易に死に至るだろう。

「さい……院長先生」敦の目の端《はし》から、小さな涙《なみだ》がこぼれ落ちた。「ごめんなさい、院長先生……褒《ほ》められるような、生徒に、なれなくて……」

「…………」

芥川が黙《だま》ってその表情を見下ろす。

その視線が、かすかに揺《ゆ》らいだ。

「止《や》めだ」

芥川が足裏を外す。

敦が咳《せ》き込みながら、当惑《とうわく》するような表情で芥川を見た。

「何、故《なぜ》……」

「探偵《たんてい》社の業務に、死にたがりの手伝いは含《ふく》まれておらぬ」

そう云《い》って、芥川はふらつきながら出口へと歩きはじめた。

敦がその姿を視線だけで追う。

「過去から逃走《とうそう》し、己《おのれ》に怯《おび》え続けるのもまた戦いだ。……血を吐《は》け、虎。血を吐いて進め。逃走と怯懦《きょうだ》の果てに貴様が敗れ地に伏《ふ》すのなら、僕《やつがれ》はそれを踏み越《こ》え、貴様を嘲《あざわら》おう。……何時《いつ》の日か」

不意に、乾《かわ》いた拍手《はくしゅ》の音がした。

「おめでとう」

まばらな拍手が、屋上の風に乗って響《ひび》きわたる。

芥川と敦は、その声の主を探し——程《ほど》なく見つけ出した。

「おめでとう、おめでとう二人共。見事だった。船上の戦いに勝《まさ》るとも劣《おと》らぬ名勝負だ」

黒外套《がいとう》をはためかせた、長身の人影《ひとかげ》。

そこだけ空間が切り取られたかのように異質な空気を纏《まと》う、黒社会の支配者。

「太宰さん」

「黒衣の男……！」

ポートマフィア首領《ボス》——太宰治が、静かな足取りで二人のほうへと歩いていく。

「四年半、仇《かたき》を抱《かか》え、怒《いか》りを抱え続けた芥川君が勝利したか」底の見えない微笑《びしょう》を浮《う》かべたまま、太宰は歩く。「しかし、私が四年半も鍛《きた》えた敦君を破るとは……或《あ》いは、これが探偵社の持つ力か。全く、立つ瀬《せ》がないよ」

太宰は歩き、敦の隣に来た。そして感情のない声で云った。

「敦君。君は馘首《クビ》だ」

敦は驚《おどろ》きに一瞬《いっしゅん》目を見開き、すぐに閉じた。「……はい」

「かわりに、外の世界で生きろ。光の世界に行け。世話をしてくれる人は用意した。鏡花ちゃんと共に」

「え……!?」

敦が首だけを持ち上げて驚く。

「何の心算《つもり》だ、黒衣の男」芥川がふらつきながらも、戦闘《せんとう》の構えを取る。「貴様は今日、僕《やつがれ》をこの地へと誘導《ゆうどう》したな？　手紙を使い、銀を餌《えさ》にして……。だが僕《やつがれ》を殺したいだけなら、より容易な道があった筈《はず》だ。何が狙《ねら》いだ？　今日のこの戦いの先に、貴様の目は何を見ている？」

「今日の戦い？　違《ちが》うよ、芥川君」太宰は歩き続けながら云った。「今日じゃあない。四年半前から、ずっとだ。君から妹を引き離《はな》したあの日から、すべての要素は今日この状況《じょうきょう》のために設計されていた。敦君の鍛錬《たんれん》も、マフィアの勢力拡大も、全部」

「何だ、と……？」

芥川が驚愕《きょうがく》する。

『本』を知っているかい？」

不意に太宰が、二人を見て訊《たず》ねた。

「一般《いっぱん》的な書籍《しょせき》の呼称《こしょう》じゃあない。世界で唯一《ゆいいつ》無二の『本』。書いた内容が現実になるとされる、白紙の文学書だ」

「書いたことが……現実に……？」

太宰は朗々と、唄《うた》うように告げる。

「ああ。だが書いたことが現実になる、と云っても、厳密な意味では違う。『本』はこの世の根源に近い存在。その中には、無数のありうる可能性世界、あらゆる選択《せんたく》と条件変化によって無限分岐《ぶんき》した世界の可能性すべてが、折り畳《たた》まれて内在しているんだ。そして『本』の頁《ページ》に何かが書き込まれた瞬間《しゅんかん》、その内容に応じた世界が『呼び出される』。本の中の可能世界と現実世界が入れ替《か》わるんだ」

芥川も敦も、反応すらできず絶句している。急に告げられた事象の規模が大きすぎ、理解が追いつかないのだ。

二人とも、確かに理解できることは、今のところひとつだけ。

太宰がこの状況で、嘘《うそ》や冗談《じょうだん》を云うはずがない。

「つまり『世界』とは、本の外に一つだけ存在する物理現実──『本の外の世界』と、そして本の中に折り畳まれた無数の可能世界、即《すなわ》ち『本の中の世界』。この無限個と一個のことを指す。そして」

太宰は何の強調も力説もなく、ごく当たり前のように云った。

「この世界は、可能世界。つまり『本』の中に無限にある世界の一個に過ぎない」

敦も芥川も、麻痺《まひ》したように動けなかった。

太宰の目にあるのは、硬質《こうしつ》な真剣《しんけん》さと知性の輝《かがや》き。

嘘ではない。

二人とも、理屈《りくつ》ではなく頭の深い部分で、そのことを理解した。

「とは云え、現実は現実。この世界も『外』と同じだけの強度を持っている。その証拠《しょうこ》に、この世界にも世界の根源近縁体《きんえん》である『本』は存在する。もっとも、こちらの世界の『本』は謂《い》わば排水溝《はいすいこう》だ。外の世界の呼び出し命令に応じ、本はこの世界自体を書き換《か》えたり、廃滅《はいめつ》させたりする。……そしてこれから間もなく、強大な幾《いく》つかの海外組織が、『本』を狙ってこの横浜に侵攻《しんこう》をはじめる」

芥川が本能的に問うた。「何故判《わか》る？」

「判るさ。何故なら私は異能無効化の能力者だ。そしてその特性を利用して特異点を発生させ、世界の分断を強制接続させた。そして『本』の外の自分……つまり本来の自分の、記い、い、い、取ることに成功したのだから」

「な」

記憶を受け取っている？

もうひとりの……本来の自分から？

突拍子《とっぴょうし》もなさすぎて頭がついていかない。

「これから組合《ギルド》、鼠《ねずみ》、それ以外の強大な組織が『本』を求めて押し寄せる。君たちはその敵をすべて排除《はいじょ》し、『本』を守らなくてはならない。連中が何かを書き込めば、この世界は消滅《しょうめつ》し、上書きされてしまう」

「判らぬ」芥川が混乱した声で云った。「貴様の話が仮に本当だとして……それが何故、僕《やつがれ》から妹を奪《うば》うことに繋《つな》がる？　全く以《もっ》て意味不明だ」

「君たち二人の力が必要だからだ」太宰は断言した。「君たち二人の異能が合流した時に起こる特異点、そして魂《たましい》の合流が生み出す、力を超《こ》えた何かが。……そのために一度、君達を戦わせる必要があった。死の淵《ふち》の手前に立って、相手が何者なのか理解させる必要が」

太宰は歩き、ビルの縁《ふち》まで辿《たど》り着いた。縁には落下を防ぐための柵《さく》も壁《かべ》もない。すぐ向こうは空。落ちれば地上まで、遮《さえぎ》るものは何もない。

「太宰さん」敦が震《ふる》える声で云った。「そこは危険です。こちらに戻《もど》って下さい」

「ひとつ忠告しよう。今話した内容は、誰《だれ》にも話してはならない。知るのは君たち二人だけだ。三人以上の人間が同時に知ると、世界が不安定化し、『本』を使うまでもなく世界が消滅する可能性が高くなる。だから……任せたよ」

太宰が一歩下がった。踵《かかと》が縁を越え、空へとはみ出す。

「三人以上、って……」敦は頭の中で人数を数えた後、はっとして太宰を見た。「太宰さん、待って下さい、まさか貴方《あなた》は」

「ついに来たのだね」太宰は背中からの風を浴び、ゆったりと微笑んでいる。「第五段階、計画の最終段階が。何とも不思議な気分がする。故郷に帰る前の日のような気分だ」

「黒衣の男よ」芥川が目を細め、問いかけた。「ひとつ教えろ。何故そうまでする？　何故この世界の消滅を阻止《そし》するのに、そこまで執着《しゅうちゃく》する」

「そうだね。……確かに私は、世界にそれほど関心がある訳でもない。消滅しようが知ったことじゃあない。他《ほか》の可能世界の私なら、きっとそう云《い》うだろう。でもね」

太宰が目を閉じ、懐《なつ》かしそうな笑《え》みを浮かべた。

「ここは彼が生きて、小説を書いている唯一の世界だ。そんな世界を、消させる訳にいかないよ」

風が招くように強く吹《ふ》いた。

太宰の体が後ろに傾《かたむ》く。

「ああ、ああ、ああ」太宰は目を閉じ、夢見るような笑みを浮かべて云った。「ついにここまで来た。待ちに待った瞬間だ。楽しみだ、本当に楽しみだ。……でもね、心残りもある。君がいずれ完成させるその小説を、読めないこと。今はそれだけが、少し悔《くや》しい」

太宰の体が、縁を越《こ》えた。

屋上からの長い長い距離《きょり》を、重力に引かれて落ちていく。

長い距離を、時間をかけて。

屋上からは、衝突《しょうとつ》の音は聞こえなかった。

芥川がよろよろと歩いて、屋上の端《はし》から地上を覗《のぞ》き込んだ。

「…………」

風が強く吹いた。

赤い夕焼け。

赤い敷石《しきいし》。

ポートマフィアを統《す》べ、この横浜の闇《やみ》を支配した男。

遠大な計画を組み立て、万人《ばんにん》の運命を掌握《しょうあく》し操《あやつ》った男。

その落日。

彼は望みの場所に行った。

どこまでも遠い、人間が立ちうる場所から最も遠い地点にいた男は結局、生きることを踏《ふ》み越え、誰にも手の届かないあちら側に到達《とうたつ》してしまった。

それが本当に価値あることなのか、芥川には判断がつかない。

ただ風だけが、横浜の空を抜《ぬ》ける透明《とうめい》な風だけが、すべてを知り、見下ろしていた。

＃4

時は流れゆく。

時は流れゆく。

時はただ流れゆく。

探偵《たんてい》社員、宮沢賢治は云った。夜が来て、朝が来ると。春が来て、秋が来ると。すべては半分ずつであり、凶兆《きょうちょう》と吉兆《きっちょう》、表と裏、善と悪、それらの側面を合一した立体構造物こそが自然の本質なのだと……その通りだ。そうでないものなど、この世には存在しない。

それがたとえ、本の中の可能世界であろうと。


「あっはっは、いいねえ芥川君、君の異能でつくったハンモックは！」

探偵社のオフィスで、乱歩が愉快《ゆかい》そうに笑う。

「乱歩さん、だからって事務所のど真ん中で昼寝《ひるね》というのは……」

「構わぬ。孤児《こじ》の面倒《めんどう》を経て、僕《やつがれ》も己《おのれ》の異能を遊具として振《ふ》るうための極意《ごくい》を得た。今ならば乱歩さんが二分で眠《ねむ》る最高の振動数《しんどうすう》を提供しよう」

「芥川君……探偵社に来てから、戦闘《せんとう》と関係ないスキルがめきめき上がっていくね……」

「然《しか》り。見よ、乱歩さんがもう寝《ね》た。児童をあやす仕事ならば僕《やつがれ》に任せよ」

「うん……でも乱歩さんは児童じゃないよ……」

もはや居場所を持たぬ野良犬《のらいぬ》は居ない。

芥川は、業務の片手間に賢治の畑仕事を手伝うようになった。二人が顔を合わせるたび、「農薬の配合比率が……」「ネオニコチノイド系農薬は生物相への影響《えいきょう》が……」「然り、ならばピレスロイド剤《ざい》で……」「けどあれはかえって……」などと、外の人間からは全く理解不能の専門用語で何時間も話し込んだ。

芥川はそのようにして生きる。

国木田はもはや芥川に書類仕事を押しつけるのを諦《あきら》め、芥川を「風紀委員改めシュレッダー大使」に任命した。そして寸断廃棄《はいき》の必要な書類を毎日芥川に引き渡《わた》した。芥川は普段《ふだん》より若干《じゃっ》干嬉《かんうれ》しそうに「刻み捨てる！」と叫《さけ》び、書類を粉々に寸断した。

芥川はそのようにして生きる。

時は流れゆく。

そして人は、死なない限り、生きるしかない。

ポートマフィアの白い死神と呼ばれた少年は、医務室のベッドの上で目を覚ました。

かすんだ目で周囲を見渡《みわた》す。何も判《わか》らない。今がいつで、ここがどこで、自分が何故《なぜ》寝かされているのかも。

「あら、起きた？」

判るのは、腕《うで》に刺《さ》された栄養点滴《てんてき》チューブと、傍《かたわ》らに立つ見知らぬ女性だけ。

「全く、死ぬんならもっと思い切りよくやらなきゃ」見知らぬ女性は云った。白衣姿の美女だ。年齢《ねんれい》は二十歳《はたち》前後だろうか。鮮《あざ》やかな金髪《きんぱつ》に碧眼《へきがん》の──どうやら欧州《おうしゅう》の血を引く女性らしい。

「僕は……ここは一体？」敦は訊《たず》ねた。

「あのねえ、あなたは食事を拒否《きょひ》して餓死《がし》寸前で倒《たお》れてたとこを、うちの院長に保護されたのよ」金髪碧眼の看護師は、気の強そうな目を細めて云った。「知らないの？　餓死ってのはね、根性《こんじょう》のない人間にはできないの。中途半端《ちゅうとはんぱ》な気持ちじゃできない。あなたには無理よ」

「餓死？」

確かに敦は、太宰の死後、何をしていいか判らず、食事を絶って横浜を離《はな》れ、人里離《ひとざとはな》れた場所を彷徨《さまよ》い続けていた。理由は自分でもよく判らない。ただ──そうせずにはいられなかった。

「あなたは死にたいんじゃなくて、生きたくないだけ。そのふたつは全然違《ちが》うの。だって——」

「そのくらいにしてあげなさい、エリスちゃん」

部屋の向こう——遮光布《しゃこう》に隠《かく》れた人影《ひとかげ》が、静かな声で云《い》った。

「なによ、リンタロウ」金髪の美女がむくれた。

「君の云ったことは、彼にもよく判っているよ」人影はたしなめるように云った。椅子《いす》に座った人影は、どうやら背の高い男性のようだが、布に遮《さえぎ》られて黒い影しか見えない。

「少年。ここが何処《どこ》か判るかい？」

人影にそう訊ねられて、敦は部屋を見渡した。

それでようやく、ここが病院ではないことに気がついた。

見覚えがある天井《てんじょう》と、古びた壁《かべ》。

ここは孤児院《こじいん》の医務室だ。

心臓が跳ね上がった。一体どういうことだ？

「私はここの新院長だよ」敦の内心を見透《みす》かしたように、人影は云った。「太宰君の最後の頼《たの》みでね。死を偽装《ぎそう》して隠遁《いんとん》生活にあった私に、ここの経営をさせること。君をここの子として再び面倒を見ること。——彼には四年前に命を救われた借りがあるからね。断る訳にはいかなかった」

太宰さんの最後の頼み？

新しい院長？

では——ここは、まだ孤児院として運営を続けているのか？

敦は改めて室内を見回した。

改めて見ると、それは敦の知っていた頃《ころ》の医務室とは随分《ずいぶん》変わっていた。

窓の鉄格子《ごうし》も、患者《かんじゃ》を繋《つな》ぎ止める壁の鎖《くさり》も取り外されていた。代わりに医療《いりょう》器具や本棚《ほんだな》が置かれていた。壁には子供が描《えが》いたらしい、拙《つたな》い風景画が飾《かざ》られていた。

天井の窓から差し込む光が、床《ゆか》に四角く暖かい日だまりをつくっていた。

外から、遊んでいるらしい子供たちの笑い声がすることに、敦は気がついた。

それは聞こえるはずのない声だった。少なくとも、かつての孤児院では。

「君はこの孤児院の生徒に戻《もど》る。少なくとも独立できる程度になるまではね。太宰君なりに、自分なき後の君を心配したのだろう。だが——彼はひとつ誤算をした」男ははっきりと云った。

「私と彼の教育方針は違う。だから私は、私のやりかたでやらせてもらう」

人影がそう云うと、金髪の女性が自分の服の中から腕時計《うでどけい》を取り出し、敦の膝《ひざ》に載《の》せた。

「これは……」

見間違《みまちが》えるはずがない。院長が最後に残した、贈《おく》り物の腕時計。

「その腕時計を壊せ」

冷えた声で、男の人影は云った。

敦は人影と腕時計を交互《こうご》に見た。心臓が早鐘《はやがね》のように激しく鳴っている。

「できません」と敦は青い顔で云った。できるわけがない。

だって、この腕時計は、あの人の最後の——。

「やってもらう。壊すまでこの孤児院を出ることは許さない」新院長と名乗った男の声は、冷たい声で云った。「君は褒《ほ》められる生徒になる必要などなかった。間違っているのは前院長のほうだ。それを己自身に信じさせ、前に進むためには、自分でその腕時計を壊すしかない」

「違う」

敦は反射的に云った。

「僕は前に進みたくなんてない。僕はただ、時間を戻したいだけだ。あの日に、あの院長室に。そしてやり直したいだけだ。あの瞬間《しゅんかん》を、院長のプレゼントを——」

それ以上は言葉にならなかった。

男はため息をついて立ち上がり、遮光布を払《はら》った。それで男の姿が見えるようになった。

敦は驚《おどろ》いた。

マフィアでその人物のことを知らない者はいない。

「貴方《あなた》は——」

マフィア先代首領《ボス》、森鷗外《おうがい》。

四年前に死んだはずの偉大《いだい》な前首領《ボス》。太宰を育てた男。

「よく聞くんだ、少年」森は物静かな声で云った。「暴力に基《もと》づく権威《けんい》づけ。恐怖《きょうふ》による支配。それがどれ程《ほど》効率的で汎用《はんよう》的かは、この私が誰《だれ》よりよく知っている。故《ゆえ》に断言する。そ、ん、な、も、の、を、教育に使ってはな、ら、な、い。大人として最悪の蛮行《ばんこう》だ。――本当は、君だってよく判っている筈《はず》だ。暴力を受けた当事者なのだから。だがこの腕時計の呪《のろ》いが、君の目を曇《くも》らせている」

その目は真剣《しんけん》だった。

どこまでも他者のことを案ずる、理性ある大人の目だった。

「…………」

敦の胸の中で、いくつもの感情が嵐《あらし》のように渦巻《うずま》いた。

何が正しくて、何が正しくないのか。誰を信じ、誰を疑えばいいのか。

マフィアにいた頃は、そんな習慣はなかった。マフィアに必要なのは命令に従うことだったから。

「ひとつ教えて下さい」敦は震《ふる》える声で云った。「理由は何です？　どうしてそこまでして僕を、変えようとするんです？」

「決まっている」森は薄暗《うすぐら》い陰影《いんえい》を含《ふく》んだ声で云った。「目の前に死にたがりの少年がいる。救いたいと思いながら救えない――そんな経験を、もう二度と、したくないからだよ」

何かが――自分でも説明のつかない何かが、敦の頭の中にあるスイッチを切り替《か》えた。

「壊しません」敦は手の中の腕時計を、両手で包み込みながら云った。「この腕時計は僕が僕である証明です。あの人がそう云った。でも――」

――血を吐《は》け、虎《とら》。血を吐いて進め。

屋上での、芥川の言葉が蘇《よみがえ》る。

あの時、芥川は僕を殺さなかった。どういう訳か、敦にはその理由が何となく判った。

あれは芥川からの挑戦《ちょうせん》だ。なら、彼に負ける訳にはいかない。

「僕は……生きます。そして、何時《いつ》か……」

敦はその先を云おうとした。うまく言葉にならなかった。

腕時計を握《にぎ》る手の上に、そっと手が重ねられた。

「今はそれでいい」森の声は静かで、思慮《しりょ》深い響《ひび》きがあった。「ここにいて、君が君である別の証明を見つけたら、出て行くといい。それまでは君は生徒――いや、息子《むすこ》だ」

敦はうつむいた。

得体の知れない感情が、敦の胸を強く締《し》めつけた。

この感情に名前をつけることは、できそうにない。

横浜に乾《かわ》いた風が吹《ふ》く。

明け方の風に、芥川の外套《がいとう》がはためく。

「芥川、こんな所に居たのか。寒くないか？」社員寮《りょう》の屋根に、織田が登ってきて云った。

「仕事の依頼《いらい》が来たぞ。俺たちあてだ。武装銀行強盗《ごうとう》の鎮圧《ちんあつ》だそうだ」

屋根の縁《へり》に立った芥川が、振《ふ》り向かずに答えた。「犯人の人数は？」

「百八十人」

「百八十？」芥川は思わず振り返った。「それでは強盗というより武装占拠《せんきょ》だろう。銀行の敷地に独立国家でも造る気か？」

「俺もそう思う」織田は特に緊張《きんちょう》した風もなく、普通《ふつう》の表情で云《い》った。「造幣《ぞうへい》機能のある政府系銀行でな。連中の狙《ねら》いは紙幣《しへい》の原盤《げんばん》と印刷機だ。それで俺たちに指名が来た」

「成る程《ほど》」

今や界隈《かいわい》で、二人を知らぬ者はいない。

織田と芥川の師弟《してい》——速度と緻密《ちみつ》さと、そして圧倒《あっとう》的な破壊《はかい》の力を備えた、探偵《たんてい》社の精鋭《せいえい》。危険で暴走しがちな芥川を、織田が精密に御《ぎょ》する、完璧《かんぺき》な戦闘《せんとう》単位。市警も軍警も、彼等の実力に大きな信頼《しんらい》を置いている。

おそらく今回の事件も、二人ならば昼食までに片付けてしまうだろう。

「行くぞ」

屋根から降りようとして、織田は、芥川が街を眺《なが》めたままなことに気がついた。

「如何《どう》した？」

芥川の視線の先にあるのは、地平まで続く、建物たちの果てなき波。意志をもって生き、殖《ふ》え、そして死んでいく、人々の造った街。

芥川は街を眺め、目を細めて云った。

「この世界が仮初《かりそ》めの影《かげ》に過ぎぬのだとしても――」

「何だ？」

「否《いな》」芥川は頭《かぶり》を振って、街から視線を外した。「何でもない」

この世界が仮初めの影に過ぎぬとしても、そこにある命は本物だ。

銀も、僕《やつがれ》も、探偵社も――それらを想《おも》うときに感じる奇妙《きみょう》な息苦しさと戸惑《とまど》いもすべて、影などではない。確かにそこにあるものだ。

銀の処刑《しょけい》は回避《かいひ》された。最初から処刑される予定などなかったのだ。……だが、事態が収束した後、銀は姿を消した。僕《やつがれ》の許《もと》には戻れぬからだ。捜《さが》さなくてはならない。

だが、焦《あせ》ってはいなかった。

血眼《ちまなこ》になって捜し出し縋《すが》りついたところで、前回と同じ拒絶《きょぜつ》を受けるだけだ。自分は兄の側《そば》にいてはならない。銀はそう思っている。その言葉を否定する。今度こそ。

故に僕《やつがれ》は探偵社員として生きる。

事件を解決し、成果を挙げ、弱き者を救う。そして己《おのれ》が悪ではないと証明する。

出来るかどうかは判《わか》らない。本当のところ、自信はあまりない。

だが、未来は誰にも判らない。


未来。

そう遠くない未来、この世界は消滅《しょうめつ》するのかもしれない。

だが、今はその時ではない。

獣《けもの》を抱《かか》え、後悔《こうかい》を抱え、もがき逃《に》げながらも逃げ切れず、それでも避《さ》け難《がた》き消滅に抗《あらが》い、己を得るために、我等は戦う。

その結果、喜色を浮《う》かべて敵を屠《ほふ》り、血で顎《あご》を濡《ぬ》らす邪悪《じゃあく》なる獣を見出《みいだ》すかもしれぬ。

或《ある》いは、世界を護《まも》り静かに立つ、守護者としての己を見出すのかもしれぬ。

どちらかは判らない。

ならば、試みる価値はある。

若《も》し探偵社員の云うように、善なる己を見出せたならば。

その時、ようやく妹は、僕《やつがれ》の許へと戻《もど》るだろう。

そして或いはいつか、安らぎを──。

妹を取り戻し、人生を取り戻し、人間になれるその日まで。

心を持て余しがちに抱《いだ》いた狗《いぬ》は、吠《ほ》え、走り続ける。

あとがき

ご無沙汰《ぶさた》しております。朝霧《あさぎり》です。ひさびさの小説版です。

本書は、昨年に公開された劇場版アニメ『DEAD APPLE』の一週目来場者特典として執筆《しっぴつ》された『BEAST —白の芥川《あくたがわ》、黒の敦《あつし》—』をベースにした小説です。

当時のことを思い出しますと、確か発注条件は「敦と芥川の話」というご依頼《いらい》でした。(ちなみに特典は一週目と二週目があり、二週目は「太宰《だざい》と中也《ちゅうや》の話」というご依頼でした)

敦と芥川の話。その条件を聞いた時、ほとんど十秒ほどで、今回の小説の全体像ができあっていました。というのも、このお話——敦と芥川の立場が、もし入れ替《か》わっていたら——というアイデアは、ずっと前から頭の中にあったものだからです。

芥川が探偵《たんてい》社で、敦がポートマフィア。そうすると何が変わる？ 何が変わらない？ 一種の思考実験のようなものです。実験装置を少しずつ変えて遊ぶ科学少年のように、私は頭の中で世界をつくりあげ、このお話のプロットを完成させました。

そういえば、発注を頂いた時、もうひとつの条件に「50ページくらいで」というのがありました。

無論、依頼人からの発注条件を完璧《かんぺき》にクリアしてこそのプロ。私はプロ作家のプライドを胸に、ちゃんと締《し》め切りを守り、１９０ページの小説を書き上げました。

……。

だれも私に苦情を言う人はいませんでした。でもたぶん、制作側はかなり厳しいことになっていたと思います（原価とか）。私も劇場に足を運び、自分が書いた特典を受け取りましたが、「特典小冊子って書いてあるけど、これ普通《ふつう》に一冊だよね」と思ったものです。

ちなみに二週目の太宰・中也の小説は１６０ページありました。誰《だれ》かこの原作者の頭を金槌《かなづち》かなんかで殴《なぐ》るべきだと思います。

そこからさらに加筆を経て、今回のビーンズ文庫版の公開となったわけです。ですのでこの本は幾《いく》つかのシーンや心情表現を加筆した、「完全版」となっています。劇場特典バージョンは、映画ブルーレイ・ＤＶＤの特典に入っていますので、気になったかたは比較《ひかく》してみてください（非常に稀《まれ》な楽しみ方だとは思いますが）。

さて。

普段《ふだん》私は、自分が書いたものに「これがテーマ」とか「こう思ってほしい」とかの注文をつけることはまずありません。そういうのは作品ですべてを語るべきで、場外であれこれ注釈《ちゅうしゃく》をつけるのはズルいと思うからです。

しかし今回、そのルールを破ってみようと思います。

この小説を読んで、あなたに何を思ってほしいか。

それは、何かひとつ条件を変えて、それで物語がどう動くか観察するのは、とても楽しい、ということです。

つまり実験です。科学少年です。たとえば、もし敦が女性だったら？　もし入社した探偵社が倒産《とうさん》寸前だったら？　あるいは、探偵社ではなく新聞社だったら？

鏡花《きょうか》より先にモンゴメリと出会っていたら？　中也も太宰と一緒《いっしょ》に探偵社に来ていたら？

想像は無限大です。そしてすべての可能性は平等の重さを持っています。あなたがそうだと思えば、その世界はそこにあるのです。あとは心の動くままに、その世界の時間を進めてやればいい。その時あなたは、「こちら側」の人間となるのです。

そこは楽しくもあり、苦しくもあり、けれど決して離《はな》れられない魅力《みりょく》に満ちた世界。

私たちの世界へようこそ。

最後になりましたが、編集様、作画の春河《はるかわ》先生、劇場版アニメスタッフの皆様《みなさま》、そしてこれを手にとって頂いたすべての方、ありがとうございました。次回作でお会いしましょう。

朝霧カフカ

Special Thanks
〈監修協力〉
原作・脚本協力　朝霧カフカ
漫画　春河35
監督　五十嵐卓哉
脚本　榎戸洋司
キャラクターデザイン・総作画監督　新井伸浩

本書は二〇一八年公開の映画『文豪ストレイドッグス　DEAD APPLE（デッドアップル）』公開一週目入場者特典の小説「BEAST―白の芥川、黒の敦―」を加筆修正したものです。

芥川　コートは朝霧さん曰く
「冒頭の敵から奪ったものを復讐心を忘れぬ為ずっと使っている」
とのことなので貰いものは中の一式だけです。
そうなるとほぼ本編の敦君に近いと思います。

敦一 近年まで孤児院で過ごしていた過程がないと
あの非対称の髪型にはならないと思ったので髪型のシルエットを変えています。
なのでやや本編の芥川さんに似る形になるかと思います。
心理的に首輪のことは隠したいだろうと思い上着も中も首を隠すタイプにしました。

鏡花 「暗殺業を受け入れている事が反映された外見」という発注だったので
実用性よりも内面の反映で現段階で
彼女にとって「殺人」の象徴である夜叉白雪に寄せています。
髪もより鬼っぽくなる印象を与えられればと思い流しています。

銀　性別を隠していないのでお化粧していることを強調し
やや睫を長めに描いています。
挿絵のプランが変わった為お披露目の機会がこちらのみとなりました。

太宰 森さんに近い服装、という発注でした。
こちらでは黒の外套に袖を通しています。
これは一番最初のラフなのでこの段階では隠す目の位置が本編と同じままです。

中也 小説内で「背広」とだけあった為コートはありません。
こちらの場合赤を置く場所は中のシャツになります。
初期の発注では「5人以外は同じでもいい」とありましたが
「織田作以外を全員どこか違うデザインにする」という現在の方向性に落ち着きました。

BEANS BUNKO

「文豪ストレイドッグス　BEAST」の感想をお寄せください。
おたよりのあて先
〒102-8177　東京都千代田区富士見2-13-3
株式会社KADOKAWA　角川ビーンズ文庫編集部気付
「朝霧カフカ」先生・「春河35」先生
また、編集部へのご意見ご希望は、同じ住所で「ビーンズ文庫編集部」
までお寄せください。

文豪《ぶんごう》ストレイドッグス　BEAST《ビースト》
朝霧《あさぎり》カフカ

角川ビーンズ文庫　21543

平成31年4月1日　初版発行
令和4年1月20日　14版発行

発行者———青柳昌行
発　行———株式会社KADOKAWA
〒102-8177　東京都千代田区富士見2-13-3
電話 0570-002-301（ナビダイヤル）
印刷所———株式会社暁印刷
製本所———本間製本株式会社
装幀者———micro fish

●お問い合わせ
https://www.kadokawa.co.jp/（「お問い合わせ」へお進みください）
※内容によっては、お答えできない場合があります。
※サポートは日本国内のみとさせていただきます。
※Japanese text only

ISBN978-4-04-107570-8 C0193 定価はカバーに表示してあります。
◇◇◇

映画「文豪ストレイドッグス
DEAD APPLE」の
コミカライズ始動!!
異能者連続自殺事件』の裏に潜む
澤龍彦」
「フョードル」
そして「太宰」――。
「ヤングエースUP」にて連載中!
無料オンラインマガジン
ヤングエースUP
YOUNG ACE UP
https://web-ace.jp/youngaceup/
Kadokawa Comics A
文豪ストレイドッグス
[デッドアップル]
DEAD APPLE 1
文豪ストレイドッグス
[デッドアップル]
DEAD APPLE
漫画＝銃爺　原作＝文豪ストレイドッグスDA製作委員会
©2018 朝霧カフカ・春河35/KADOKAWA/文豪ストレイドッグスDA製作委員会
コミックス1巻　好評発売中!!
Kadokawa Comics A　B6判
※KADOKAWAオフィシャルサイトでもご購入いただけます。→https://www.kadokawa.co.jp/
※2019年3月現在の情報です。

朝霧カフカ原作の「文豪ストレイドッグス」
外伝ミステリ小説をコミック化!!
原作：朝霧カフカ
漫画：泳与
キャラクター原案：春河35
文豪ストレイドッグス外伝
綾辻行人VS.京極夏彦
探偵・綾辻行人&
エージェント・辻村深月が
命懸けの謎解きに挑む!
特一級危険異能者　綾辻行人
能力名『Another』
「私と同じ時代に生まれたのがお前の失敗だ」
コミックス第1巻
絶賛発売中!!
ヤングエースUPにて連載中!　https://web-ace.jp/youngaceup/
Kadokawa Comics A　B6判　※2019年4月現在の情報です。
KADOKAWA

角川ビーンズ小説大賞
原稿募集中！
君の"物語"が
ここから始まる！
角川ビーンズ
小説大賞が
パワーアップ！
https://beans.kadokawa.co.jp
詳細は公式サイト
でチェック!!!
【一般部門】&【WEBテーマ部門】
賞金 大賞 100万円 優秀賞 30万円 他副賞
締切 3月31日
発表 9月発表（予定）
イラスト／紫　真依